中国专业作家作品典藏文库

中国专业作家作品典藏文库
屈兴岐卷

灵 犀

屈 兴 岐
◎ 著

Lingxi

中国文史出版社

目　　录

小 屯 逸 事

旧时，黑龙江省的村落，不曰庄，不曰村，也不像辽宁那样叫堡，而大多称屯。八旗收降吴三桂进关，随手将山海关大门咣当一声关上。关外是"龙兴之地"，要提防他人染指，所以"重点建设"投资关内，关外反倒冷清。旗丁、站（驿）丁分荒开垦之外，又逐步设立官屯，由专职旗人屯丁开荒种地，屯垦戍边。战胜者常易疏慵，便招收闯关东的汉人出力，也就有民屯这一个那一个建起，顺理成章均呼为屯。名字多奇，比如坑于家、王秧子（不务正业财主少爷之谓）、东火烧、于嘎牙子（地痞之土语）、姜炮（神枪手尊称）屯等。

我的出生地叫三马架屯。马架子是一种简易草泥房，没有二柁，是我祖上草创三幢，屯遂得名。自辽宁来，说是从山东浮海到辽宁的，再早就漫漶不清，反正没听到来自汨罗江一带的说法。鸦片战争后资本输入，小手工业破产，接着太平天国被绞杀，流民潮是柳条边挡不住的，东北人口大增。清政府财政日绌，"官兵奉饷积欠甚多"，地方大员与有识廷臣屡奏吉黑两省放开民垦，但朝廷屡以恐有碍旗民生计为由驳回。到咸丰十年（1860）再奏方准，于巴彦苏苏（今巴彦县）放荒两百万垧，我祖上遂迁至三马架屯这一带。

响 儿 窑

放荒办法，参照吉林。每一方里毛荒作四十五垧，除去沟洼壕甸房园井道三成，实以三十一垧五亩计算。垧征押荒租两吊一百文。五年后升科，年垧缴大租六百六十文。我祖上弟兄三人大约租荒二三百垧，后来人叫开荒占草。

这是女真人故地，后曾有文物出土。但那时却百里无人烟，荒原似无边无际。没有江河山峦依傍，南距松花江十二里，东北离小兴安岭余脉骆驼砬子山七十里，地势一马平川，稍显低洼，排水不容易。选这么个地段做子孙万世基业，大约是看土质好，大犁插下去就翻出一道黑浪；抓一把土阳光下细看，闪金星；一捏，直冒油；插一段树枝能长出犁辕，于是凿井、辟路、建三幢马架子、开荒。一片山东口音，二三十年过去，地里东家伙计全变"臭糜子"味儿了："夜下黑下（昨夜）姆们（我们）嘎（葛）家崴子（屯）来小偷啦，姆家一席篾篓子（背篓）黏豆包（黏食），连窝端啦。姆老二急眼了，抄起烧火棍，搂（朝着）脊梁杆子（脊背）就一家什，擂得嗷嗷地挠岗（跑）啦。"口音渐变中，荒原也慢慢成了沃野良田，垦荒人黑发变华发，挺拔的腰板弯了，风景线由草莽变成青纱帐。

我记事，未见过马架子，屯子很小，西头一大院，草顶拉合辫房，正、厢房十几间，住一家有车有马的佃户。院外，有一两幢没有院墙的"光腚房"，住着些佃户的"劳金"（雇工）家。这房子冬暖夏凉，原因在于顶与墙。房顶起脊，苫以房草。苫房草，秋成后可以在江湾割到。茎黄亮结实，捆扎小捆用铡喂马草的铡刀铡齐，扔到房上，放到抹好的厚泥上，用拍房木拍平。一看房檐有半尺厚，房顶齐刷刷四棱见线，周围空气飘游着清香气。雨点儿落上，珠子似的滚下去。拉合辫，就是草把裹以稠稠的黄泥浆，盘卧在几根柱脚上压实，墙就成了。西大院往东半里左右没房子，种爬蔓豆角成架黄瓜，是香火地（园田），地边，又一处院落。再往东是哩哩啦啦六七幢有秫秸障子的房子。屯东，才是我家老屋。

九间正房，东西各七间厢房，南边还有几间碾磨坊。青砖青瓦，很大的四合院，院心偏西是马棚。老三股，几十口子。三百五十多垧地，多租出去，几十垧自种。男人除堂大伯掌柜外，都下地劳作。我祖父行七，叫七老板子。老板子不是老板，是赶大车的。那时马车笨重，轮子镶嵌厚铁叫车脚子。跑远道要七匹马拉，邻县前辈萧红女士在《呼兰河传》里写过的。大鞭杆子长约八尺，皮鞭根缀着红缨，清晨静夜，路过旷野打个脆响，可听出两三里远。祖父摇着这样大鞭赶着这样大车，路冻时去海边的营口，运去粮食拉回杂货，一个来回最快得半个月。有一年年夜迎财神时才到家，要来"车行千里路，人马保平安"的对联，贴到车厢立板上，才进屋。

家乡一句歇后语，说江北的胡子——不开面，这一带胡子（土匪）不少，有钱的大家都养着枪。据说那时家里有连珠、套筒子等

"快枪"十几支，还有德枪（驳壳枪）、撸子。大院套四角修四个大炮台，常备大抬杆——六七尺长口径胳膊粗的土炮。胡子叫这样的大院为"响儿窑"。慢慢庄稼人也这么说。没听说与土匪开过仗，一家子倒响起过枪声。一远房穷伯父叫二楞的来"放讹"，掌柜伯父竟掏撸子打伤二楞伯的小腿。

赎"票儿"

我爹给土匪绑了"票儿"，我妈把他赎回来，救他一命，好像也救了他们后来应分得的那份土地房产。绑票就是抓人质，让你拿钱换。已几十年没有了，现在又花样翻新，哪儿都出了。那时，我妈说我爹"一辈子尖（聪明）不尖傻不傻"。他念两年私塾，字没我妈认得多，我妈一天学房门没进过，只自学念过弟弟们的字块儿、字帖。我猜想，是李家看上屈家，妈妈才嫁过来的。

我外祖父，是县城里的伞匠。会做，也会修，可是病恹恹的，消瘦咳嗽，大约有痨病，所以传染了我妈妈、二舅、老姨。我和妹妹也是肺结核，我住院四次逃出来了，妹妹却二十二岁就死于呼兰结核病院了。

妈妈十一岁，外祖父故去。这前一年外祖母没了，妈妈带三个弟弟、一个两岁的妹妹，生活在开中药店的她大伯家。姐几个鞋帽衣袜都是这位大姐操劳。二舅很小出去学生意，三舅不愿上学，妈拐双小脚去送，三舅却藏身在一块大石后。她哭得真伤心，三舅就出来，姐俩抱头痛哭，三舅说："姐，我再逃学就不是人！"舅舅们后来在通河、巴彦开了钱庄、山行庄，在哈尔滨也有买卖。

那一天，小屯三马架老屈家双喜临门，行四的叔侄俩一个时辰成婚。这样的情况，讲究哪个新人先进门，先与另一新人说话，一辈子都主动。妈没抢到这个好运。一大家人，女人抓尖想称大拿的也有，有一位因争吵竟喝大烟死了。可是妈炕上剪子地下铲子（锅铲），手一份嘴一份，不欺别人，别人欺也不受。

大车到松花江边甸子拉草，没我爹事，他要跟去走走。甸子草窠里呼啦出来一帮带枪的人问："谁姓屈？"四个人谁也不说，胡子拉出一个比上枪说，不说就一个个毙。劳金哭着说："都这时候啦，谁姓屈咋不说话！"

我爹说："我。"于是，他成了江北胡子的"票儿"。

车回大院三天，人们没事似的。我妈找掌柜大伯，说："大哥，你要钱，我可是得要人。绑的是屈家，不光是我这一个人。人死那儿，胡子心能死吗？"

有妯娌、侄媳念叨说："谁也没让他去。"

妈说："这个家有没有掌柜的？"

又是没事似的几天。

妈说："大哥，不赎人安的什么心？想借刀杀人霸占你四兄弟这股家产吗？不是，你拿钱我去赎人；是，我放火先把这大院烧了！"

我妈坐大车七十里，到骆驼砬子山里土匪"秧子房"，赎我爹回来。不几年分家。我爹用地租、土地换大烟吸。

我七岁那年，爹去了。地已所剩无几。妈曾对我流泪，说："你爹把地卖空了，孩子，你将来怎么办！"

新中国成立后，我以贫农成分去林区参加工作。又二年，妈妈把家谱交早已另过的四嫂（她们同时进屈家的），千里迢迢去找我，从此再未回过这小屯。1974年老母作古。长夜难眠，常想那二年，她是怎么与妹妹从半里地以外井沿往家抬水的呀！

妈曾看《红楼梦》唱本，还唱，有两句唱词还清晰记得："大观万木起秋声，漏静更残梦不成。"

春 种 秋 收

积雪化净，刮几场春风，田野黑黄斑驳。黑的是土地，黄的是头一年的庄稼茬子。看着壕沟塄上的柳条儿，在风中柔软了，屯南水沟子水汽随微风飘散，天空有人字雁阵北飞，咯咯地叫，就快种地了。鸡叫三遍，农民、长工在外屋大条桌上吃饭，捞小米干饭黄豆芽汤。如豆的豆油灯灯光摇曳中，饭班的伯母们或母亲侍候着，端菜捡碗。天刚放亮，种子、人午间吃喝、喂马草料、木犁、点葫芦，都放在旱爬犁上，三匹马拉着出发了。两道印痕，发了亮，遇到湿地，爬犁一过就起了卷儿，或横裂开一道道小口子。

犁大，翻得深。许多鸟儿，顺垄沟找虫吃。晴天上午，站在屯头看春播，有缥缈虚幻之感。地气蒸发，氤氲着，远处人马犁，还有树木，摇晃着如在水中，犹神仙境界。成年后读《庄子·逍遥游》，知道这地气也叫"野马"。

三铲三耥，预备粮仓。铲耥挨着，紧三遍，最忙，这就要"叫工夫"了。工夫市在县城十字街东南，靠筋力活口的穷苦人，待卖

6

的牛马似的，等待雇主。到地里，有"打头的"领着一字排开。打头的一般得是庄稼把式，手把利落，扶犁点种铲耥割，拿得起放得下。还有一点很重要，对东家没二心。铲地更要拿手，步法不乱，身子微倾。一锄搂下深浅适度，没有"花达板""冒锄"，开苗用锄角左拨右挑，回锄时还要将土块荡平。看似不慌不忙，实际锄锄不白下，快着呢。让工夫匠担心的，从日出到日落，总这么个劲，毫不松懈。开始还看不出上下，到歇响前，可就像万米长跑最后一圈，距离拉开喽。都戴高粱秸子编的尖顶草帽，一些人帽尖使劲地前晃后晃就是越落越远。前领后催，催的人叫"查边的"，一般是家里人，现在说就是质量检查人员。那时我三伯干这活。他不大言语，只是哪个没做好他在后边找补，谁落下他帮铲一段，这也让人受不住。

干"一气活"该歇气时，来送水啦。黑瓦水罐表面，水平以下，洇得湿润发黑，从罐口还丝丝缕缕冒着凉气，是刚从井里打的"井拔凉"。挑水的是"半拉子"，也就十四五岁，说是干半个人的活挣半个人的钱，其实家里倒灰扫院清马厩，地里也是哪用哪儿到，比一个大人不少干。

铲耥一过叫"挂锄"，活儿松口气。闲不住得找乐，三五同好，找个僻静地方掷色子，一只粗瓷大碗，三只色子哗啷落下滴溜溜转，几个耍家吆五喝六颈上血管绷起。看跳神也是一个热闹，一看看半夜，第二天接着，长篇连续剧，连台本。青纱帐起，有钱的防匪，一些当妈的，要防女。有情人难成眷属的，此时是难得的机遇。所以本地有句骂人话"高粱地里拉拉的"，意思是野种。

7

谷子要劲，黄豆要寸（巧），高粱要亲，这是指割地。谷子苗眼宽，刀风快，劲小了也下不来。劲大的，一刀下去唰一声垄台子直呼扇，带起轻微的一阵土。割黄豆得戴猪皮指套，防扎。荚秆茎根，防荚炸失粮，用劲得寸，不是割，是一棵棵轻轻地砍。割高粱拿六条垄，不抱好要"耍叉"。

这时要准备场院了。就在大院南面，四边大榆树围着。不打场，便堆放秸秆做烧柴。铲平洒水马拉碌子轧，叫遛场院。马儿从地里拉回一座座庄稼的小山，到场院垛成一座座大山在四周，只西北不码垛，留着扬场时进风。场院北面有间小小的房子，看场的住。掌柜的这时警惕性高，一要防偷，二要防平日得罪下的人放火，所以打场急不可待。打谷穗头相对放一大圆圈，一串马拉石碌，在圈上跑，一个人站在圆心，用"溜管"（长缰绳）牵着头马，后边的马跟着跑。打豆与高粱就全铺，叫打懒场，人不时移动就行。

扬场得熟练，扬锹长方很薄带点儿翘头，紫椴做的，柄很长，一锹扬出，得散成扇子面，西北风一吹，成粮落上风头，秕谷次之，"格挠"（碎豆荚，秸秆）飘得远远的。

于是，大雪不约而至。有时房门一夜间给大雪屯住，推不开了。马一夜呼吸挂在毛上成了霜，厚厚的，得用竹扫帚扫。雪使平地与路一次次变高。地上裂了缝，宽有半寸，屯南大泡子厚冰，一天夜里砰的一声也张开由南到北一张大嘴。井台冻冰天天鼓。井口由方而圆、而小，到柳罐也下不去的时候，就得凿冰。乌拉脚踩得雪咯吱咯吱地叫。走三四里脚下就"打钉子""挂掌"，像踩高跷，拿棍子敲下去才好接着走。小屯三马架，在白茫茫雪海中，成了一个黑点儿。人们"猫冬"了。

寻常日月

娱乐圈里，有几位动不动端出"猪肉酸菜炖粉条子"，故作土而粗状，拿黑龙江人开心，取悦观众。其实，上百年前交通闭塞，酷寒边陲之地，这不是改善生存条件的一种创造？拿酸菜来说，酸而不腐，经冬犹白洁纯美，可看出前人聪慧处，至今仍受其余惠。黑龙江气候种地无法两茬，唯割麦后可种大白菜。煞冷前，选大青帮一类"白儿"长的白菜，去少许绿叶，洗净在滚水中一过，凉了入大缸，几日后添足清水，石压泥封。大小农家，这时都忙腌白菜，也腌芥菜疙瘩、雪里蕻，晾晒豆角丝、角瓜条、茄条，穿串的红辣椒挂在檐下，是一道风景。除此以外，还有许多吃法，有本地特色。本地种黏谷，种糜子，种芸豆、小豆，就有了大小黄米面的黏豆包。筋道、抗饿，是干重活不可少的食物。小屯里人们还喜食饸饹，小米泡得微酸磨水磨。水面包以细布放在小灰上"滋"。水滚了，饸饹床子横担在锅沿上，用面团搓压，打卤吃，滑润清凉，多于伏天食用，这就是"臭糜子"叫法的来由吧。

严寒，天然冰箱。杀年猪，相互请客表达乡情还了人情。肉分割小块，放外头冻硬一层，浇上凉水，再冻实。大缸盛洁白的雪，冻肉埋在雪里，一冬新鲜。黏干粮、豆腐，还有白菜均可冻。冻豆腐炖海带，现在东北城里人还喜欢，其实炖咸芥菜缨子更有味儿。

就是那时普遍穷困，屯里与城里比，孩子也是"缺嘴"的。但我们也并不觉得，自有城里孩子没有的东西。到高粱地里打"乌米"，一把把挂在腰间凯旋回家，可蒸食。青苞米抽浆，放碗内蒸，才知粮食是怎么个香法。烀青苞米、茄子拌辣椒酱也好。苞米在灶里烧着吃更香。秋天，地里大漠孤烟一般升起一股青烟，准是孩子们烧毛豆，烧豆燃豆秸，火中噼啪一阵，看看好了，用麻子棵按灭，灰烬里捡豆吃，个个黑嘴巴，大人说你们成仙了。谷地里找黑星星、菇娘，特别瓜一开园，淘孩子天天都是肚儿圆。冬天雪地下"压拍子"打麻雀。黄泥火盆装豆秸火烧土豆，熟了一捏裂了，里面雪白冒金星，香气看得见。

屯里有位二花先生，是小屯唯一被称为先生的人，给孩子栽花。这天花关也很难过，因有他，小屯乡亲没麻子。头疼脑热拔火罐、用大萝卜缨搓身发汗，就是医疗啦。娱乐讲"瞎话"，男青年遇一起相互挖苦，叫"开哨"。大鼓书我只听一回。至于蹦蹦、皮影，是大屯子的享乐了，我们没有。集医疗与娱乐于一身的，是跳萨满，满清宫里也跳，大神女的多，助手二神是男的。各执蒙一面的扁鼓，大神有腰铃。信多神，主角黄、狐仙和"艳魂"（多为女鬼）。老仙儿被请来附体，大神的士高似的跳一阵，则问病诊断，无非"撞"到哪路豪杰，杀猪还愿吧。治法有扳杆子、破关、打刀驱鬼（叫送魂）。打铡刀，左手反握其柄，钉眼处扛于肩，右手握另一铡刀，抡起令刀背相击。人都有些怕，何况鬼呢。据说还有吃红枣将红绦穿铁鞋戴铁帽的，就是耍烧红的铁。一家跳神，差不多全屯看热闹，回去还要评论几天，孩子也哼哼咧咧学唱，有滋有味的。

夏天白日有几声鸡鸣。日光就像把鸡鸣过了滤，觉着远但清晰。

还有干净人家捶衣声，衣被洗净，米汤浆后见干，放在捶棒石（光滑的厚硬木砧板）上，用硬木棒槌咣咣地捶，衣被挺括光洁凉爽。冬天月光下，有捶乌拉草声，关东一宝啊，让人生出遐想。我们那儿甸子上，乌拉草有青根子、红根子两种。拿方木榔头，在光面石上捶软，轻柔蓬松。絮牛皮、猪皮乌拉，多冷的天，脚也暖暖的。

平常日子流水般过。有一天发生了不平常的一件事：日本人倒台。听说屯西有一路过的日本人，有人抄起镰刀吼叫，他们骑咱们脖颈拉屎十四年，杀他王八操的！一伙孩子大人跟着跑去。日本人二十多岁，拄根大棍子挪。左大腿里子，红肿发亮，粗得吓人。“洋炮的，打的。”他说（炮字音说成生硬的报）。我看大人们脸松下来，交换一下眼神，摆手让他走。“饿的，三天的。”乞求的眼神使人受不了。有人跑回屯拿黏豆包来。他噎了，眼珠子多大。他向县城挪去，披件蓑衣。看他挪远，人们才怏怏地回屯。

这就是我们小屯儿，就是小屯儿的人。

2001 年

瓜　秋

旧时龙江，边远苦寒之地。寻常瓜果，如苹果、鸭梨、桃、杏之属，产于长城内外的，六七分熟贩运来不烂，就是待客珍品。主人热情郑重捧上，脸上必有得意之色。像荔枝、芒果南方所产，连县里人也多有所未见者，更不要说乡村了。乡村的孩子，却也不觉怎样缺嘴，因为有一个瓜秋就够了。

能种瓜的人不多，一个屯里就一两位，正经是一技之长，被人们看重，称瓜把式。他们不用下大地吃大苦，种一季瓜吃一年饭，比较悠闲从容。

我们屯里有位"跑腿子"（没家口的外来人），叫施山东子的，就是忙铲忙割，屯里大人都下地，村落显得空旷，东头一两声犬吠鸡鸣，屯西听得清清的。唯有他，可以坐在小屋旁的一块石头上，白对襟布衫青裤子，洗得干干净净的。吸着一拃长的小烟袋，烟口袋系在烟袋杆上。眯起眼，像越过田野向远方眺望，又像什么也没有望。那大概是他想起了很远很远的大海那边的老家。他是喜欢孩子的。他会一首军歌，唱的是三国里的五虎上将八面威风。遇高兴，他就挺胸昂首，做出雄赳赳的样子来，侉声侉调唱给我们这些淘小子听。如今只记住一句词，"喊嚓咔嚓响连声，张飞喝断当阳桥"。

老施也不年年种瓜。屯里还有一瓜把式叫吕有。两人好像有默契，今年你种，明年就我种。小屯就那么几十户人家，种两块地怕没人买。老施种瓜是头一两年就留下瓜种的，洗净，阴凉处秋风溜干，分品种仔细包好，存放在秘密妥善地方，多给东家"耪青"，东家出地他出力，秋后三七或四六分成。

地也选得严，避风向阳"不尿炕"（不存水）的沙土地。靠近车道，利于贩运。垄趟子不能太长，好照管。两边最好不种高棵庄稼，免得淘孩子有了影身的地方，糟害瓜田。粪肥也有别于大田，以大粪、炕洞灰、鸡鸭粪为宜，发酵晒干碾末，扬场般一锨扬出去，画一弧形，沙沙地均匀撒落地里。见苗后，何时掐尖、何时压蔓，最要功夫。别的庄稼苗还在熏风中摇曳，瓜田里已是一片活泼泼的绿了。绿色掩映中繁星般开过小小黄花，忽然间瓜就长大起来。不同品种，用芨芨草绿篱间隔开。不久，瓜田中央，窝棚就搭起来了。一般窝棚挖个地窨子，五条木杆子起脊，披上些蒿草就完了。老施的要好得多，高大，有火炕，外面搭有凉棚，摆好三四条简单长凳。于是，他就日夜在此生活了。

瓜园里也要立瓜王，老施当然是顾命大臣。瓜园旺兴不旺兴，要靠瓜王保佑，能不尽心尽力？条件好像就是个大，也顾不了大傻瓜的说法了，谁大就立谁为王。三块土坯，两竖一横，披一条红布，瓜王罩在里面，插三炷香，登基大典告成。

第一批瓜熟了便开园。其实这个信息，人们是从顺风的清香味中得知的。头一"喷"（茬、批）是早瓜，有"灰鼠子""芝麻粒""黄金棒"；后一种是当时新品种，比鹅蛋粗些，三四寸长，上粗下细，像个惊叹号。熟透了通体金黄，顶心处凸起一个小包，小包上裂一两道棕色的口子，一嗅，清新甜味入心肺。拿到手里不硬不沉，就是好的。用草叶子擦擦，寸劲（巧劲）一捏，噗地裂开，黄皮里是乳白的肉、黄里透红的瓤，凉而且甜。吃客满嘴嚼瓜，还忍不住连说"甜，甜"，说得呜呜啦啦，又连忙咬了一口。这时老施会点一袋烟，不声不响，窄脸上溢着甜甜的微笑，这是吃客才会这么挑瓜。三白、三变、顶心红、红瓤子都陆续下来，老施远远搭眼一瞧，立分高下、生熟。就是"馕喷"（瓜大批下来），他也信不着别人去摘。他挎只土篮子，脚在瓜地里轻抬轻落，就像有了目标捡一样，一转圈就一筐。小贩来上瓜，从不挑拣，装满挑子就走。老施却赶上去用香蒿苫好，才挥手让挑走。挑瓜的扁担叫大扁担，有六尺多长，两端渐细渐薄，弹性好，走好扁担步，像一只只大雁，从瓜园里悠悠然然飞出去。他们回来说："老施哥挑的瓜，挑到街里去，敢和人打赌。满挑子找出一个生瓜蛋子，一挑子全给他。"

瓜秋是孩子们的开心季节。一般农户，都能买个三几回瓜，给孩子们尝尝鲜。这时候就可以吃个肚儿圆了，小伙伴中谁是个蝴蝶脸，就知他今儿个准过瓜瘾了。

买瓜人家多无现钱，也兴赊账，老秋给粮或给钱。所以有孩子的穷人家，也吃个一两次。到瓜园去买瓜，是高兴事。在瓜园里吃饱肚子是不记账的，只有拿回去的才算钱。

下瓜（摘）多在清早。有一次早晨醒来，家里人买瓜回来，那一顿红瓤子吃的，至今想起来还有甜味呢。

小猪倌、小马倌是扛小活的苦孩子，从瓜园过，老施得便也要塞给他们几个瓜。让他们也过过瓜秋。

瓜窝棚对于孩子们来说，有几分神秘。那是个新闻集散地。东西二屯谁被抓了劳工，县城"秦大鸡子"（财主）又娶小（妾）了。伪警察特务吃瓜不给钱，夜里来了"胡子"（土匪）吃瓜却给钱等怪消息，都是从那里传出来的。

一个一个瓜秋就这么过去。有一个柴家的寡妇，从八里以外的南下坎，"走道儿"（改嫁）过来，却也不见老施怎样高兴。终有一天夜里，那女人跳了泡子。以后，小伙伴们很少去泡子里洗澡了。不久，老施也没了。

如今，瓜秋对孩子们出人意料的吸引力，想来不会那样大喽。

2003 年 4 月

乡 间 童 趣

一般以为，偏远的小山村，才闭塞落后。现在也许如此，旧时，尤其在地广人稀的黑龙江，就是平原小村，也像居于天涯海角，很少与外界往来。大人们都是这样，孩子们可想而知，周围放眼是茫茫地气，那以外有县城与其他乡村，但那是朦胧而渺茫的。然而，小屯里的孩子们，也自有他们的乐趣。自然，那多半是从祖辈父辈传下来的。

那时乡村孩子的乐趣，也是玩儿。天性嘛，与现在孩子相差不多，但玩法却有天壤之别。小屯孩子的玩法，可分为单独、结伴和集体这样几种。

先说单独玩。比如捉蝈蝈儿，人多相互干扰。亚麻摇铃、小麦泛黄、黄蒿涌动着暗香的时候，田野里、水壕塄上，便有成千上万小金铃摇动，此起彼伏，那是蝈蝈儿的叫声。男孩子们魂被招了去，就分散开去捉。侧耳倾听，拣声音响亮撩人的，猫着腰，猫一样轻手轻脚拨开庄稼或蒿草，猎人般凑过去。看见的时候，天不在了，地不在了，我不在了；在的，唯有眼中的蝈蝈儿，心免不了狂跳，要切忌毛躁。看准地形地势，决定是捧是压。捧，两手捧水似的，沿着植株慢慢上移，兀然一合。手中扑棱棱地撞，好，抓住了。这时两手尽量空得要大，免得手中物的大腿儿脱落，待它火性小了一些，再捏它头胸部。这一捏，也需技巧，轻了捏不住，重了要捏伤。迅速拿下掖在后腰上的笼儿，小心装进去。压的抓法，是蝈蝈儿在植株的中下部，忽地压倒一小片庄稼，就裹夹在里面了，这是笨招，"名家"多不用。笼儿呢，是用"箭竿"，也就是秫秸，自己扎的，方尖碑形状、尖三角形的都有。还有麦秸拧的，是个螺丝转的金灿灿的小塔。那多是有父亲或哥哥，还得是巧手的，有耐性的，其他孩子只有羡慕的份儿。我们那儿，有火蝈蝈儿、铁蝈蝈儿，还有青头愣，等而下之。火蝈蝈儿，头胸火炭般红，极少见，鸣声嘹亮清脆，我们很珍视；铁蝈蝈儿，黑而大，性情凶猛，发起疯来，可咬死同笼的同伴，鸣声高亢；青头愣长而绿，有胜于无而已。还有一种豆蝈蝈儿，生在青枝绿叶的大豆地里，短而粗，通体嫩绿，玉雕一般，只可惜鸣声吱吱啦啦，故弃置不用。

这时节，小屯有男孩儿的人家，家家茅屋檐下，挂着蝈蝈儿笼儿，笼上还插着嫩黄的倭瓜花，那是蝈蝈儿们的美食佳肴。于是，田野与村落，小金铃声连成一片了。

乡下的孩子，很少有玩具，制造小玩具，也是一种很有意思的玩法。我就自制过不下十种，材料匮乏，竹头、木尾、短铁丝、碎皮角，都金贵。工具呢，镰刀、菜刀、斧头，好在有尖端的，那是一把旧钳子。冷兵器，制过刀枪剑棍，拐子流星，当然都是木竹削的。还有柳条弓箭。较多的还是胶皮弹弓，先后有三四把。制弹弓的胶皮条，我们叫猴筋儿，是胶皮车轮胎剪成的，屯里哪有？只好托人从城中捎来。比现在托人从国外捎东西还难。费大劲弄成了，向苍茫上天奋力试射，泥丸带着风声消逝，兴奋不亚于科学家发射火箭。火器，木头手枪多把，有的有机头和扳机，能打纸炮子和红火柴头，有声有响有火药味。有了基础不愁发展，竟造了把"轻型"火药枪。枪管是妈妈的一个铜烟袋杆，小指头粗细。药囊是三八大盖枪的子弹壳。工期三天，组装顺利。软磨硬泡，从打围的炮手处，讨来一点点米砂和火药。试射场选在小屯后边，老杨树林里。有一只鸽子蛋大的蜘蛛，横行霸道在蛛网上享受满汉全席。目标就选它啦。我把小火药枪架好，像打机枪那样，两腿叉开趴在地上瞄准开火。轰然一声，目标灰飞烟灭。

我真庆幸，那以后，我还有两只完好的眼睛。

我还造过一只铅坨子，是玩"拒砟"用的。画一方志，每人下均等的砟，就是马掌锞铜钱之类，两丈远以外，画一条线，叫"杠"。站在杠外，用铅坨将砟拒出去就赢。乡间哪里有铅？吉人天相，偏遇我家有只铜灯台，约尺半高，为放得稳，底座做得挺大，还卷起一寸高的边。那时算，灯龄不足百年。与长信宫灯比，不伦不类，与"小耗子，上灯台，偷油吃，下不来"的那种比，恰如其分。我将那边缘剪下，剪碎，放在一只大铁勺子里，大铁勺子，是过去大人家盛菜用的。放在灶坑里做饭烧的豆秸硬火上，一会儿就熔化。事先在土地上掏一半球形大小适宜的坑。铅一熔化，轻轻端出，小心倒入坑内，冷冻后，一崭崭铅坨子，闪着青白的光，就出

18

厂了。

说不上从什么地方得到启发，我一心要造一把胡琴。我家有一旧的木茶筒。哪里找蟒皮去？只好蒙之以猪"吹泡"，也就是猪膀胱。好不容易，剪来一小扎长马尾，做了一个弓子，其余依葫芦画瓢，也都有了。装上后，怎么拉也不响亮。后来才知道，马尾上应涂松香。即便当时有松香，那声音也不会怎么美妙吧。

下一两场雪，小屯子周围，甚至屯边子的场院里，就有了野兔的脚印，是夜里印上的。前面两只成斜横状，后面两只顺着，在一条线上对得很齐。这样的两组相距一尺多远，说明它走得挺悠闲挺慢，两尺左右，它走得快了。六七尺远，前后两对足拉得很开，它吃惊了在狂奔。脚印有时密密麻麻，说明野兔至少有五六只。脚印中蕴藏着太多神秘，不由得让人想要把那主角，请到前台来看看。孩子们的办法，是下套。我也做过许多套子，用的是细细的铁丝。但没套住过，当时遗憾，现在却不。

雪下大的时候，田野中的野鸡就集成帮儿。它们飞不高也跑不远，追赶急了，将头往雪中一插，顾头不顾尾，就以为安全，一哈腰即可捡来。一次，我去邻村的学校上学，曾见几十只，扑啦啦落在一棵杨树上，红红绿绿，树杈积雪直往下落。这当然也是诱惑，但我们却赶不上，得另谋出路。大些的孩子，托人从县城买来野鸡药，匀给我一些，于是将黄豆粒儿用扁锥子一点点掏空，填之以药，撒到田野里野鸡常出没处。没药到过，当时遗憾，现在却不。

小屯房舍，多是土坯和"拉合辫"造的，用土甚多。年深日久，屯南就有了一个很大的坑，水往低处流，遂成一个泡。岸上栽有杨

19

树、柳树。有水就有鱼，喋喋于水面，自然更诱人。哪儿去弄的钩？好在咱是多面手，从妈那儿要根针来，灯火上烧红，一搣就成。纳鞋底的麻绳当钓丝，柔柔的柳条当钓竿。不管烈日当头还是细雨如丝，钓兴不减。因钩上无倒须，要一咬钩立刻就起。别说，还真钓上过几条，小小的山胖头，也就是老头儿鱼，出水就烂，却极高兴。

造毽子，要下些功夫，不然使不住。造"盘"的毽子，用四枚铜钱合适。嘉庆、光绪倒没大关系，要紧的是方孔大小一致。要事先物色好了狗，柔软的尾毛起码要三寸，黄色为首选颜色。不拘谁家的，狗对孩子们都亲。不亲也没什么，人托人可以进皇宫，找与它熟的孩子，给块干糖行点儿贿，它就摇尾巴。拉不动了，也差不多到毛根了。削一硬木小方寨子，分开根毛，楔入钱孔。将无毛的一面切齐（只有菜刀）。最后一道工序，把切齐的毛根，或用烧红的烙铁烙，或在灯火上燎，这样结实，不"散花"。这样制成的毽子，盘起来，节奏舒缓，毽子一上一下，画出的路线极优美，看上去像花瓣柔软的鲜花，缓缓开放。下来，又像鲜花神奇地合拢了，合拢成花蕾。

踢的毽子，用五六枚铜钱，速度快。毛也有用马鬃、马尾的，速度过快，我们说"太贼"，容易伤人，不喜欢。

结伴玩的游戏很多。下五道儿须有伴。地头道旁，寻一平坦硬实处，用玻璃碴儿或小石子画一方框，方框里横竖各画三道，棋盘成了。你折五小段树枝，我折五小段蒿秆，棋子就有了。对面席地而坐，布好棋子，一场鏖战就开始了。游戏规则有几条，主要一条是两个先走到一条线上，同在此线上的对方的孤子，则被吃掉。先失四子者败。互不服输，常常一连几盘。放猪的直到猪进庄稼地，小些的直到妈妈喊着乳名，要他回去吃饭，输棋的一方，一脚抹平那棋盘，跑着走开。这算斯文的玩法。冬天打雪仗，到结冰的泡子上打"出溜滑"，春天到壕塄上扣鸟，夏天在泡子里"打狗刨"，秋天在田野里烧毛豆，孤烟直上蓝天，豆香麻子香香飘四野。

吸引更多孩子的大场面，要算打马仗与踢毽子。打马仗，人分两伙。个大结实的，当马头。另两个，各将一只手搭在马头的肩上。战头就骑在这两只胳膊上。单打独斗，三战两胜为赢。所谓胜，就是把对方拉下马来。有时候也决战，双方各出三五队，来场混战。呐喊声、欢呼声，半个屯子都听得见，这种游戏，大约源于三国故事吧。

踢毽子，在冬天。因穿乌拉，可以踢得远，脚还不疼。冬天虽农闲，农家也有不少活计。所以这游戏，多在晴天晚饭前进行。一个人踢，一个人在三丈远处给他扔毽子，叫"拾毛的"。踢的人对面很远处，很多人散开站着，谁接着，就耀武扬威"上台"。如被拾毛的接着，那应与踢的人主仆易位。看来机会平等。接毽子的，人人眼盯着毽子，有的用帽兜子接，有的兔子般弹跳起来，一只手凌空一掠，轻巧抓住毽子。他赢得一片喝彩声。皇帝轮流做，就看谁抓住那飞如流星的毽子了。户户炊烟飘后，暮色苍茫，孩子们才各回各的窝儿。

上面说的，好像都是男孩子。旧时，乡间女孩子游戏少一些，有一种叫"扯拉拉尾（读雨）"，也就是今天的老鹰抓小鸡。还有叫唧唧灵跑马绳的，今天也有，城里没了。跳八圈，特别是"抓（读

chuǎ）嘎拉哈"，城乡均已不见了。嘎拉哈是猪后腿上一活动骨头。四面的名字各名坑、肚、支、驴。把一些铜钱，穿起来成一串，叫码头。玩时，把码头抛起，手去抓坑、肚、支、驴中的一样的，再迅速去接码头。最后，以嘎拉哈抓得多者为胜家。有的人家，嘎拉哈有一两百对，一年才杀一口年猪，一两百对，得攒几十年呢。冬天热炕上，适宜这游戏。姑娘、娘们儿的天真笑声，隔着糊纸的窗户，在院中也听得见。这似乎是满族女孩子的玩法。

忽发奇想，如那时的乡下孩子，看到现在的城里孩子，玩航模、电脑、游戏机，不以为是神仙中人呀？

2000 年 4 月

春　饼

每年春分前后，母亲必要烙一顿春饼。到时候，一年清苦的餐桌上，会神奇地发生变化，出现春饼与许多好吃的菜肴。吃了饼，才觉得春天悄悄爬到心头上，心里痒痒的，热酥酥的，直想要到风雪里去喊去跳。

现在想来，这一顿迎接春天的饼，母亲差不多是要筹措一年的。准备时，都笑盈盈的，好像乐趣在这家务劳动本身，绝不透露准备春饼的一丝信息。比如三伏天麦子上场，扬场后，她总要拣上风头的，精心留起小半面袋来。上风头的，籽粒成实饱满，磨出面来有"筋性"。春节前家人磨面，必嘱咐单磨单装。秋天，"家雀蛋"豆角，现今叫油豆角，叶子刚一发黄，就顶着露水摘回来，阴干个一两天，开始剪豆角丝。旧时农妇讲究炕上一把剪子，地上一把铲子，母亲剪子功夫，屯子里出名，所以豆角丝也剪得格外巧。别人家，一剪子下去，剪成细条就好，摊开晾在盖帘上，干了收起就是。母亲却能让一条条的豆角条，颠颠倒倒地，连成一条长长的丝，晾在绳子上，微风来了，像飘动的淡绿色的流苏。晾时要拣背阴地儿，秋风一溜很见干，三两天收起时，翠绿。

接着是秋收土豆、腌好酸菜，把上好的大葱，阴干起来，与东邻西舍没大区别。东北农村天冷，家家养着的鸡，刚刚三场白露一场霜，早早就"歇张"，不下蛋了，春天"开张"也晚。到春分前后，不是鸡下蛋的时候，而吃春饼，一定要用鸡蛋酱，鸡蛋新，酱才鲜。母亲也有办法。煞冷时，挑那"舔活人"（下蛋勤）的三两只，移到厨房里养，开小灶，又不冷，开张下蛋早。如果过年杀了猪，猪头二月二前燎毛，刮得焦黄，烀好。从外面玩完回来，庭院里有燎毛子味，外屋里，锅内咕嘟嘟的，飘散着肉香，就知道那顿春饼，与自己拉近了距离。

生绿豆芽，对农家来说，也要十分经心才可成功。水勤投好办，难处在温度不易掌握，放炕头怕热，放炕梢怕冷。母亲半夜时也要起来看一看。

农家春饼，是饼卷菜。饼要烙得薄软筋道，面粉早已选好，水温凉多少得合适。农家平日里省油，菜里见不到几滴油花，唯有此时母亲舍得用油。饼烙得薄的诀窍，是三四个剂子蘸好油，拍在一起，擀成一张饼，烙熟揭开单放。用平时做饭的大锅烙饼的时候，母亲眉毛上挑，满面春风，饼翻来翻去，手显得很灵巧。菜呢，一般是炒豆芽、炒酸菜粉、炒土豆丝，主要是家熬干豆角丝加肉丝细粉。肉食是猪头肉。母亲说，熏肉味道更佳。佐料只两样，细葱丝和鸡蛋炸大酱。没这个佐料，就没了这个风味。

几盘菜摆在小小的桌子上，只是那颜色，在早春里就够诱人了。

白的洁白，黄的娇黄，绿的葱绿。再加上豆角丝带来的秋香，就更诱人了。母亲自己却不吃，帮着这个夹菜，帮着那个卷饼，一如做各种准备时那样，笑盈盈的。

离开家出来做事，才知那饼叫荷叶饼。母亲去了，再不能烙来给我吃了。去过几次饭店，好吃是好吃，然而没了那风味。后来妻就学着做，久了，竟然所差无几。现在虽是早已进了城，妻每到春分，总是要亲手做一桌农家春饼。

菜 包 饭

我们中国，地方大人口多，主食的习惯大不一样。大体上分，是南米北面。我的一位熟人，浙江籍。新中国成立后清华大学水电系毕业，志愿到边疆艰苦地方工作，分配到镜泊湖水电站。不怕冷不怕苦，很快由技术员升到工程师、副总工程师。就一样不适应，粮食定量供应中大米太少。几年后回家探母，白发老母说可苦了我儿了！他说就是"没饭吃"，他说的饭，老妈妈自然明白是指大米饭，于是顿顿给他做，不几日就见胖了。与这个例子相反的，是1976年春节前，我陪一位好友去上海治病。住南京路附近一家饭店，一住三个月。一天至少两顿米饭。那米细而长，瘦得像粒米骨头。做成了饭，沙沙棱棱的，粒粒离心离德，谁跟谁也"不搭界"。吃进去胃就觉磨得难受，却难得有顿馒头。回来后他好了，我却得了胃病，一二年才好转，却至今未去根儿。

其实，龙江这里的北方人，过去也不是总吃面。因为那时麦子产量不高，物以稀为贵，总吃面一年要饿半年肚子。主食是谷子。

过去黑龙江人，一天两顿要吃小米饭。为了调节口味，妇女们发明了菜包饭。菜包饭包的也是小米饭，是小米饭的一种吃法。小米来自谷子，所以那时农村谷子种得特多，秋天晴时放眼一望，满眼是金黄颜色，遇有微风会涌起谷浪，谷穗沉甸甸地弯垂下去，摇摇摆摆，便有千千万万光点摇来晃去。除了像别的庄稼一样三铲三耥，谷子春天苗出个一二寸高，要薅苗拔草。因是宽苗眼散播，须去掉多余的比较弱的小苗和谷莠子。苗和谷莠子、稗草长得差不多，不好分辨，要格外留心。这个活要"小工子"来干，所谓小工子就是妇女。手拿一小小扒锄子，蹲在垄沟里一步一步向前挪，比锄地的男人要累得多，工钱却只拿一半。谷子这作物累男人的时候也有，那就是割地。镰刀磨得风快，一刀拽下去，垄台子一呼扇，随后腾起一团轻微的浮尘，没力气是干不了的。

小米的吃法多种多样。如早晚吃，一般是熬粥。有干粮时稀溜溜儿的，一个粒跟一个粒跑也行。午间多是做干饭。捞干饭是米下锅"扒拉翅儿"（基本软透），就赶快用细柳条编的笊篱捞出，倒进一个瓦盆，锅里米汤舀出来另放，或直接喝或熬汤都可。锅内放清水，瓦盆坐进去，盖好锅加火，大铁锅咕咕嘟嘟响到飘香气，就好了。蒸的饭散散落落，肉肉头头，颤颤巍巍的。还有蒸的和焖的，原汤在内比较香，不知为什么女人们不大愿意这么做。小米上水磨，可以抢煎饼，也是在大锅里做，铁勺子舀满浆面，倾斜着沿热热的锅腰转一圈，一张煎饼就成了。小米子泡上，发了酸时上水磨，一个木桶里盛小灰（草木灰），用一块大纱布铺进去，倒进浆水，不久，就成了一块柔软的面坨子。锅里烧好开水，架上饸饹床子，就

27

可压打卤饸饹吃了，光滑筋道。太费事，也就是大热天时吃个一两次。

所谓菜包饭，就是用新鲜白菜叶，包上捞小米饭。也叫打饭包。一般也是夏天吃。初春种的小白菜，到了夏天就叫"春不老"，要拣那没让"地狗子"（小虫）咬着的用。要有香菜、生菜、小葱、炸鸡蛋酱，用菜叶包起来一吃，菜饭的原味全变了，只觉得清香可口，齿颊生津。一般说来，这是女人们的专利，男人们吃得没有这样精致，我还是在孩子时，母亲给我包过几次，却至今不忘。

谷子古时叫粟、禾、谷，特好的一种叫粱。颜色红、橙、黄、白、紫、黑都有，让人想起太阳。地道土特产，原产我国北方。谷养了一代代的人，谷草养了一代代的马。《韩非子》说，"征赋钱粟，以实仓库"，《广雅》说，"粟，禄也"。延安时期，革命靠小米存活，后来也是靠"小米加步枪"发展，可见米小作用大啊。

豆 儿 酱

新中国成立前后，我家乡巴彦一带，庄稼人日常饮食，最常见最离不开的，要算是豆儿酱了。人们大约看到了它的重要，看到了它在寻常岁月中的分量，所以在酱字前面加了一大字，叫大酱。就像在老爷前加个大，在土匪前加个大，在财主前加个大，在土豪前加个大一样，上了一个档次。不要说在酱中它要居首位，就是在每家每户的实际生活和对外形象树立中，起的作用也不能说不大。

那时乡村，交通不便，就是一个小铺子，十里八村也是没有的。即便有，也绝不卖大酱。这种酱家家自制，即便日子富裕些的人家，也不去买。为啥？怕人笑话不会过日子呀。再说，买来的吃着不合口味。一家的酱一个味儿，吃惯了自家的，忽然就换一种，总觉得不是味。也有公认哪一家的酱确是上品的。大酱出了名，这家主妇干净利落，心灵手巧，炕上一把剪子，地下一把铲子也就传扬到南北二屯去了，这家是过日子人家的声誉，自然也就有了。说不定儿子娶媳妇姑娘找婆家，也有人上赶着。所以，家家户户，院子大小、

29

利落不利落尽管不尽相同，但是里面必在窗前安放一两口酱缸，则是相同的。家里的主妇或走亲戚或办事，走时第一件嘱咐的，便是叫女儿照顾好酱缸。她们在家门前房后劳作，赶上一阵云彩一阵雨的，必要喊一句哎呀妈呀我酱缸还没盖呢，赶紧跑回家去。酱缸一般用几块砖垫起，三根钉进地里的木橛夹住固定。罩一顶秫秸篾子编的尖尖的"酱帽子"，以防雨淋和过分的日晒。谁家酱缸被牛马毛了撞翻，那可是一大新闻。如因吵嘴打架，酱缸被砸破，不仅仇火越结越大，全屯子也要记个十年八年的，说这事干得太"损"了。这说明，在这里大酱是何等的不可或缺。后来有些人进城吃商品粮，定量分配，"定量"一减再减，每年也还给几斤酱豆，也说明酱在我们这儿的重要性。

黑龙江是气温低的地方。四五月开化，九十月雪花飞回来，接着又上冻。可种、可吃青菜的时间太短。秋日贮起来的白菜、萝卜、土豆，冬天没过去就没了。尤其"春脖子"长的苦春头子，大酱就成了主要下饭菜了。然而一年四季，却都有蘸酱的菜。青贮菜断了的残冬时候，可以吃冻白菜、冻萝卜。入冻前拣那些青贮剩下的，随意放在背阴背风的角落，第一场雪一落，就严严实实盖住了。用时从雪里扒出，仍然红是红绿是绿。洗净切好，放进滚开的锅里一炸，就好蘸酱下饭了。皮点儿艮点儿，却有一种特殊的清香，这清香一尝出来，便会想起刚一上冻时的天气。

"三月三，苣荬菜钻天"，几场春风，几个响晴响晴的太阳天，山东叫苦菜、这儿叫苣荬菜的一种野菜，出来帮助苦人儿了。这野菜在黑油油的土地上刚一冒锥儿，就可以去挖。小臂上斜斜地挎一只细柳编的元宝筐，放一把旧镰刀头夹以木把自制的刀，小姑娘们小小子们，仨一群俩一伙，各自找好"窝子"，孩子们眼尖手灵脚快，不一会儿就一筐。时间一长，筐里的菜有些发蔫。清水洗净再浸泡一会儿，就茎白叶绿水灵灵支支棱棱的，苦味也淡了些。野菜接下来是婆婆丁、小根蒜、柳蒿芽，连灰菜、马钱子也能吃。不久，羊角葱下来了，嫩绿的小菠菜下来了，还有顶花带刺的黄瓜，乡亲们饭桌上菜就不愁了。不过，大部分是蘸酱吃，因此酱碗在桌上的位置，就如毂在轮日在天，是个中心。

酱的优劣区分，也像其他菜肴一样，在色味香上。那些早已登上大雅之堂的名菜，烧起来也许要许多技巧，但大多是现做现卖的。我们那里的豆儿酱，做起来却要一年时间。

秋天新黄豆刚下来，筛净簸好洗得纤尘不染，用净水发上。待豆子涨得恰到好处，下到大锅里烀。水多少要正好，多了酱泥稀易营养流失，少了则酱豆不烂不易成泥。烀得将好未好时，那豆香气就像长了翅膀似的，从锅盖缝里钻出来。这时候孩子们该稳不住神了，眼睛瞄着锅，从锅台旁走来走去。锅一揭开，满屋都充满香味。母亲用长柄铁勺勺背，趁热将满锅黄嫩嫩的豆子"插"成豆泥。她好像刚刚看见孩子们围着锅看，便撩起围裙擦把额上鼻尖上的汗，变魔术一般找出不知何时珍藏的红糖，从锅里盛出一点儿豆泥拌一拌，说尝尝吧。红糖豆泥的美味，让苦孩子们大半辈子忘不掉。然后是看母亲灵巧的双手，把豆泥做成酱块子。六七寸长三寸厚的长方体。过小不易发酵，过大让人笑话说懒老婆。一块块整齐摆在面板上，放在阴凉通风处，绷了皮、表面一层硬了，就用草纸裹好，

31

用块板吊在屋里不碍事的某处，让它慢慢地从内往外发酵。

到了来年天暖，把酱块取下，洗刷干净掰开晾晒，再把大粒盐以凉开水洗净，就好下酱了。除了利用日光加温，每天还要"打酱缸"，工具是桦木制的酱耙，手握的一端还系一小条红布，是图吉利的，就像盖房子上梁要系红布一样。用酱耙子每天把酱缸翻动一遍，要均匀要彻底。还要随时将沫子、黑点儿有碍观瞻之类的东西，细心地撇出。

过个两三个月，豆酱比较稠了，色泽变得橙黄，有香味弥漫，就是大功告成了。

讲究人家有两口酱缸，做成后封起口来，第二年用，表面一层，比母油还要好吃。酱缸还可以腌各种小菜。母亲用纱布缝几个小口袋，装小辣椒、小黄瓜在里面，还有烀熟了的小土豆，凑巧有肉也装条煮熟的肥猪肉。其绵长美味，远非寻常小菜可比。

现在人们生活有所改善，酱菜一般都买着吃了，成了小菜一碟，是煎炒烹炸的一个补充了。但人们有时上饭店还点一道蘸酱菜，也许是一种回味吧。

育 雏 图

　　从前农村，没有孵化器，家家养鸡全靠母鸡孵化。

　　天一热，有的母鸡就产蛋见少，最后竟不产了，羽毛扎挲起来，迈着小步，小声咯咯地叫，打"抱窝声"，很少吃喝，便是要孵小鸡了。打抱窝声的母鸡，如果往年抱窝是"不着调"（不尽责）的，就将它的头按在冷水盆里浸，浸几次它就清醒了，过些天会继续产蛋。如往年抱窝挺着调的，就让它当"老抱子"，担当起孵小鸡崽儿的重任。

　　要先给它找个窝儿。龙江农村嫂子们会一物多用，把冬天的黄泥火盆找出来当鸡窝，大小深浅都合适，主要还是图它底座沉重稳妥，不致因老抱子站沿上一蹬，翻过来打了蛋。拿什么样的蛋孵鸡挺关键的。大致要有这样几个条件：有公鸡的、爱下蛋的、健壮的母鸡的蛋最好。如果家里原有的鸡，颜色不可心，比如说有黄的有黑的，就是缺芦花的，偏偏家里老太太又喜欢芦花鸡，那就要想办法淘换芦花鸡蛋。有时要拿两枚换一枚，本屯各家没有，就到外屯去，换给了，还须记着这份人情呢。

装（读壮音）窝后，窝一般放在炕梢"脚底下"（睡觉时脚朝着的方向）墙角处。东北农村，火炕炕头是一家尊贵的地儿，因炕头最热乎，来了长辈的客人，主妇连忙拿笤帚扫扫炕席，说快上炕头坐。炕头热，早上烧得多，所以家里有老人的老人睡，没老人的，一家顶梁柱的男人睡。位置重要程度依次下推，孩子们在中间，女主人甘心情愿睡炕梢。鸡窝放炕梢离女人近，白天夜里的，照看方便。再说离窗台近，老抱子下窝到院子里去也方便。

孵起蛋来，老抱子三天四天不下窝，不吃不喝也不排泄。下窝了，也是急急忙忙，狼吞虎咽吃几口食喝几口水，冲锋一般赶回窝里。夜里人睡下了，有时可以听到它轻轻翻蛋的声音，用脚爪翻，也用嘴勾动。好像也不睡，随时关注着腹下翼下的蛋。十几天过去，它的脸色、冠子，渐渐发了白，尤其小鸡要出壳前几日，苍白得近于没有血色，瘦许多、小许多、毛色暗许多。只有眼睛燃烧般明亮，精神始终亢奋着，几近狂热。

待到蛋里面鸡崽可以分辨出形状的时候，女人与孩子也有一点儿兴奋和不安。急于知道里面有没有鸡崽，有什么办法吗？有。晚上，点一盏油灯，卷一纸筒拢光，鸡蛋举至灯光前"透视"，有鸡的可以看见里面有影在动，没鸡的，一片混沌，那就是"石蛋"，再抱也抱不出来了，要挑出来淘汰。这时候，孩子们伏在母亲肩上，或围在母亲身后，伸长脖子看，心里咚咚地跳。这时光真温馨。再过一些时日，就该看哪个更健壮一些了。盛一盆温水，把窝里的光滑温暖的鸡蛋，小心仔细轻放在水里。鸡蛋就一晃一晃往前游，孩子们又被吸引，展开了美好的想象：一只只像海中大浪上的帆船，你追我赶；也像一些小木偶，追逐嬉戏。那些游得快的一定是公鸡，看它们多有劲，它们又都是什么颜色呢？几个孩子围着盆子，猜测打赌。母亲心里有些甜蜜蜜的，脸上漾着笑。

女人算好，这天夜里，鸡崽要出壳，就吹了灯躺下来静静候着，说不上什么时候却睡着了。梦中轻微的当当的叨壳声，忙点上灯，毛茸茸的小脑袋，已在母鸡翼下钻出三四个了。

母鸡带着一群鸡雏，最初出现在院子里，像个王后，简直有些趾高气扬。院子也因这一群，显得明亮了许多。鹅与鸭有时不懂得回避，母鸡怒发冲冠大声叫着，不顾一切扑上去。对手立即躲开，有时连四条腿的狗，也得懒洋洋走开。

母鸡刨到了一条小虫之类的食物，松开又啄起，咕咕叫着，鸡雏们立即跑来争抢着吃了。一会儿跑累了，母鸡蹲下身卵翼着它的孩子们。鸡雏活泼淘气，轻叨它的脸，它不回避，叨它的眼皮，它就慈爱地闭起来。三伏天一阵云彩一阵雨的也不怕，它必要张开翅膀遮雨，它身上湿了，鸡雏们却是干干的。

直到割地的时候，小鸡们又细又高了，它这才抛（读撇）窝。

第二年，这故事要重演一遍……

尝　鲜

"尝鲜"一词，好像很有一段时间，没有听见人说了。

瓜果、蔬菜、江鱼、野味下来之前，市上将要见到、尚未见到，先吃上一顿或尝上一尝，叫尝鲜。过去，龙江地方边远酷寒，交通不便。关内菜蔬瓜果，千里万里牛车马车，很难运来。就连辽宁的，也难得见到。尝鲜，尝蔬菜瓜果类，自然是指本地产的。水果类，关内已开园许久，这儿才能见到一些，干鲜果品店却长年挂有"时鲜果品"的牌子。那牌子半尺宽二尺长，红底黑字，下缀一条红布，同其他写有不同字样的三块，一同挂在店门前。从中可看出，时鲜对买主多有说服力。

农村人节俭，香火地（园田）的菜蔬，不到成熟、长足个头，舍不得摘下来。种菜一般是自家吃，不进市场，不算早下来的一条小黄瓜，要比晚下来的十条还值钱的账，只想长不成就吃，可惜。孩子们却不管，到自家园田里偷摘黄瓜纽儿（小黄瓜），要悄悄背着大人，一给发现，就会被吵骂追打，背上"就能祸害人"的罪名。

待黄瓜伸开腰，由浅绿变得翠绿，才在清晨仔细摘下来。顶着还没干透的娇黄的花儿，带着尖儿发白的刺儿，露水在阳光下闪着小小虹彩。连忙小心地装在元宝筐里六七条，赶快送去，孝敬受人敬重的长辈或屯亲，说是叔叔大爷尝个鲜，自己绝舍不得吃头一口。到青苞米下来，拣粒儿饱满的，用礤子擦出玉米浆，加油盐佐料，下锅蒸了，让家里牙口不好的老年人尝鲜，然后再全家吃烀青苞米。

自家不出的，有时也买来尝鲜。龙江农村，尤对开江胖头鱼感兴趣。认为胖头鱼在松花江里"避素"（不吃不喝）一冬，开江时最干净鲜美。事实也是，一冬的消耗，绝不减其肥美，鱼头更鲜嫩，鱼汤鲜美好喝。

从一些文章中可以看出，地处北方，生活讲究的老北京人，对尝鲜看得很重。俗话讲，河里无鱼市上取。一年四季举凡一切时鲜，产地还未见到，北京市上就一定有了。有一本叫《王府生活实录》的书，写到四月初，芍药盛开，黄花鱼和大对虾上市，王府尝鲜，开宴品尝"煎串黄花鱼"的情景。夏秋之交，大街小巷叫卖"老鸡头才上河呀"，老鸡头就是芡，芡实叫鸡头米，更为王府女眷所喜。不独蔬菜瓜果要尝鲜，就连玫瑰花盛开，还要做玫瑰糕。南方虽四季如春，却也同样讲时鲜。叶圣陶先生的《藕与莼菜》，写到藕一下来时，红衣衫的小姑娘与白头发的老公公，也要买一两支的。在上海，鲜藕几乎就是珍品。而人在北京的叶先生，一想起莼菜，就会想起江南故乡。

尝鲜一词的鲜见，实在是一种进步，好事情。科学发展了，菜蔬瓜果温室里长年可栽培，保鲜期也延长许多。交通发达了，早晨还在海南岛的地里，晚上就到了北京菜店的床子上，再二三天就到了龙江。春夏秋冬，什么稀罕物随时都可尝到。生活在今天的人，实在有了口福了。十冬腊月想吃西瓜，水果店里也有卖的。过去重病的人想尝一口，人们会说他病得糊涂了，忘了时令。

不过，也有一条，人们渐渐不满足了。外表再没那么好看的了，就是梨没梨味儿，苹果没苹果味儿。连青苞米也没原来的那种香甜了。有说上化肥上的，有说与污染有关，有说改良品种忽略了味道。发展带来的问题，还得靠发展解决。现在有了蔬菜无土栽培法，甚至还可以立柱式生产。这可是纯粹绿色食品，造不了假的。我想，失去的那种纯美，不久也许会找回来的。

玉 米 秋

　　我们中国地方大，各地的主食大不一样。大体上分，是南米北面。

　　其实，黑龙江这里的当地人，过去也不是总吃面。因为那时麦子产量不高，物以稀为贵，总吃面一年要饿半年肚子。主食是玉米、谷子（就是小米）。

　　玉米我们这里叫苞米。荒年粮食接不上时，六七月穗子灌满浆，指甲掐一下粒子，乳一样的白浆溢出许多，是还没有成熟。如浮出一条断断续续的乳珠线，那就是将要成熟了，可以掰下来烀着吃，我们叫啃青，也叫苞米秋。苞米秋孩子们先知道，因为不等太熟他们就掰下来，放在灶坑里烧着吃了。家里有老人牙口不好，孝顺的儿媳妇，就将青苞米在"礤板子"上擦成浆，放好豆油、花椒、盐，在烀大锅苞米时，小锅的"蒸青"也带出来了。这种蒸青，比鸡蛋羹好得多，那种青苞米的香味儿深沉悠远。同锅烀上些土豆、茄子，炸个青辣椒酱，就更是改善生活了。如今初秋，有的城里干部下乡，就点名吃这口，他们会起名，叫"三烀一炸"。

苞米收获后，吃法比较多。老乡说"苞米楂子大芸豆，越吃越没够"，可熬粥，可焖干饭，可磨面吃煎饼。那时屯里很少有磨，用碾子碾的面，要剩一些米糁子，熬粥叫小楂子粥，黏、稠、香。说到黏了，就想起苞米也有黏的，不论啃青、吃粮都很糯。

近年，市场搞活了，城里人口味也高了，农民进城卖青苞米，一定要黏的才好销。

又见红高粱

那一年秋天，回家乡农村。地里满眼的大豆、玉米，一片黄灿灿的，流溢了阳光似的，一直铺展到远方去，回来总觉得那画面上少一点儿什么。时间一过，也就淡忘了。后来偶开电视，一个老干部合唱团正唱《我的家在东北松花江上》，唱到"还有那漫山遍野的大豆高粱"一句，我忽然想起那画面，少的正是红色，是红高粱。

高粱种得少了，是因为需要减少，效益不如大豆、稻子。除了酿造白酒必不可少，其他好像用处不大了。过去却不然，高粱古称稷，是五谷之首，与土一合起来，就成了社稷，代表国家。

高粱曾是黑龙江乃至东北主要农作物。用处大，钱也不比黄豆少卖。清末民初，东北的农业赋税，半粮半钱。粮只收豆麦红粮，均等各占一份。种植面积，也差不多三分天下有其一。随手查一下资料，1908 年奉天全省，高粱占 29.9%，黑龙江的呼兰县占 20%。当时市价一石，小麦 60 吊左右，高粱卖 30 吊左右。高粱产量高，

41

算细账，同样面积，收入不少。

那时代高粱的价值，远不在交粮和卖钱。农家过日子，吃、穿、住谁少得了它？碾米焖干饭，加些小豆，远远就闻饭香，入口甜而面。熬粥有些像黑米粥，磨粉能蒸团子、摊煎饼。盖草房椽子上面要搪"房笆"，就是用四五根秫秸，缠在一起，一捆捆铺起来的。炕上的席子，也是秫秸破开编的，有单双粗细之分。不论哪种，都干干净净，黄亮亮地反射阳光。小门小户的院子，一般用成捆的秫秸勒紧，夹上障子。深秋夜风一吹，唰啦唰啦地响，让人睡得深沉，睡得解乏。乡亲夏秋的尖顶草帽，遮阳挡雨最为惬意。黄黄的一片，攒动着，此起彼伏。初夏大片地里锄着地，草帽就曲曲折折形成一条线，缓缓前移。别看是农民戴的，也有粗细好坏的分别。好的可显出编织娘的慧心巧手，编织细密，编出万字福字图案。篾子细而柔，东北话叫"席米儿"，形容谁眼睛细小，就说"像席米儿拉的"。秋收后，人们将散发着新粮气息的大豆高粱，用茓子盛起。这茓子也是秫秸篾子编的。高粱穗，打粮后做刷帚；粮壳装枕头松软清新，装铺摇车（摇篮）的糠口袋，又轻又保温，孩子睡得甜蜜；根子，春天无柴，可刨来烧火，叫刨茬子。高粱根火苗发蓝，火很硬，点着锅就"响边儿"。

农村孩子太小时，锄不了地，得跟母亲或嫂子，拿扒锄子（尺半长的小锄）间高粱苗。眼看着高粱"起身"，夜里能听到叭叭的拔节声，几天就没人高，能藏住人了，孩子们可以趁着看瓜老人一眼没照到，或照到了装照不到，耗子一样溜出高粱地，飞快地将瞄好的大瓜掠下再钻回去。眨眼间，屯子周围全是很深的很厚的绿了，风一来，绿浪就忽忽悠悠被推过来。高粱一扬手都够不到梢了，就可以打乌米（发乌墨的音）。于是红扑扑的脸黑了，洁白的牙黑了，互相对笑，觉得挺滑稽。春天，扒出秫秸（干高粱秸）里的虫儿来，红头白身子，弯过来晃过去的，很胖，用做扣鸟的诱饵。夏天，田里的蝈蝈儿勾魂似的叫，得赶快破席篾扎蝈蝈儿笼。谚云：七月十五定旱涝，八月十五定收成。大地上的颜色渐渐变了，高粱晒红米，于是田野红黄绿相间，色彩斑斓。快收割高粱了。父兄每人"抱"六条垄，或"扛"或"夹"，各显英雄本色。放倒了，还得用小镰刀"掐"高粱头，干净利落，变魔术一般。这就是课堂，孩子得跟着学。待秫秸干后，把梢节撅下来，叫箭杆，拿给巧手的姐姐们穿盖帘，盖缸盖盆，端豆包，少不了的。大雪纷飞时过小年，灶王爷上天，要用席篾扎马，预备脚力，免得咱家的灶王爷比别人家的寒酸。过年要吃好的，一年到头的累，忙年别太累着，就总做些高粱米饭，装在小缸里冻上，叫贴年饭，有好菜贴些现成的饭就行了。

人没了，过得好些的，一定要给老人扎些纸人、纸马焚化。贫困买不起棺椁的，也要勒个秫秸笆子（读秫秸薄子），卷了下葬，做一回人，免得黄土压脸。

间接用途也不少。高粱长起来叫青纱帐，"青纱帐起，抗日健儿逞英豪"，帮我们打了鬼子。农村里没消闲场所，不得已，有情人青纱帐里幽会也是有的。

去年秋天公出，坐火车，忽然感到龙江广阔田野，色彩又绚丽许多，细一看，又有了惹眼的红高粱。原来城里人生活有了提高，高粱米粥让人昼思夜想了。高粱米面煎饼，也有销路。特别是旅游业发展了起来，游客对本地农家食品，很是喜欢，于是，高粱又红了。

这让人觉得挺温馨的。

流　萤

橘红色的太阳落进远处的松花江里去了。晚霞从东往西，慢慢退隐，不一会儿就躲到一个什么地方去，看不见了。它与太阳一块儿回家了吗？

江边已经变成另一个更加奇妙的世界：萤火虫出来了。一个、两个，终于谁也数不过来了。一时数花眼，还常把天上的星星数进去。天上墨蓝墨蓝的，也有眨眼的星星。哪些是天上的，哪些是地上的，谁能分得清？

萤火虫像神秘的小灯笼，沿着各自弯弯曲曲的小道往前走。像闪亮的雪花儿，摇摇摆摆，纷纷扬扬。它们集合在一块儿，像小朋友们扯"拉拉尾"成了一条若断若续的光带。弯曲、盘旋、舞动，让人想到那是一个整体。可不，本来就是一个整体，是条每个鳞片都闪光的、活活泼泼的长龙。有时候，它们忽然散开，那更好看，像灯节燃放的"铁树开花"，四下喷射，划着千万道光弧。最常见的，是各自单独飞舞。星星点点，悠悠闲闲，忽明忽灭，忽上忽下，忽左忽右。时而隐藏在草丛中，时而又飞射到树木之上。有时候它们飞得很低。他真替它们担心啊，一旦掉江里去，那一定会像一星火似的，"嘶"的一声，就永远永远没了。这时候他心里有一丝哀怜与紧张。然而，它们飞得真好，担心是多余的。

孩子们早有准备，拿出玻璃瓶来，去追扑飘忽上下的星火。他也想追，可是没有地方安排俘虏。他有生以来也没有这么急过，后来忽然想出一个办法来，他把父亲给他做的白细布小衫子脱下来，袖口用草一扎，就可以把捉到的萤火虫装进去。

他追呀，扑呀，心儿跟着那些小精灵飞上飞下，飞到远处，又飞了回来。

乡　井

中国几千年，从周分封诸侯，战国齐、楚、燕、韩、赵、魏、秦，秦汉的郡县，明的南七北六一十三省，到新中国，在我们这块热土上，该有过多少乡乡村村？那些在水之滨的除外，哪个乡村没有井？没有母乳，人不能长大，没有乡井，长大也不能活。奇怪处在于，人一想到家乡，先恋的是土，田园，而不是井。就连文人墨客诗文，写到井的比起来，也很少。是水更易得的缘故？你看家乡的空气，不是更少有人想嘛，它到处都是，呼吸之间立即得到，谁还想它做什么。

去冬以来极旱，开春以至初夏，松花江水瘦得几乎可以蹚过。家中一天数次停水，已经习惯。忽见报载，哈尔滨在拉林河上游，建磨盘山水库。兴奋得忙找地图来看。建设者奋斗数年，哈尔滨人就可喝上充分的甜水。由一甜字，这才想到家乡的水井。离开半世纪，想到它，也就有数的几次，大多还在饥渴的时候，说来有些惭愧。

家乡的井，挺普通的。井台高于地面，四根方木，恰好围成一个井字，垒在井上，就是井口。井口旁，交叉木架两个，架一根横轴，中间坠一块巨石。木轴伸到井口上方，穿一辘轳。几丈井绳，一个柳条编的罐子，叫柳罐斗子。放下去绞上来，有时吱吱扭扭地响，有些颤动。斗子里的水荡漾出去，井底叮叮咚咚，柳罐绞得越高，滴水声越悠远，悦耳悦心。

赶上夏天，一屯子的酷热，唯有井口凉快。凉气飘出井来，流过打水人光着的胸背，让人为之一爽。有外屯人路过的，摘下草帽往地上一扔，扳着柳罐咚咚地喝个痛快，不说凉，却说这么甜。我也这样地喝过，头脑中凉凉的，一身凉快，一身淡淡的甜。直起腰来看天，顿觉深蓝了许多，凉爽了许多，太阳也好像不那么亮了。有给田里劳作人送水的，麻利用瓦罐挑上，小跑着送去。

家家挑水，好像事先安排好时间似的，很少排号。大人家儿有专门挑水做饭的，一气要挑十几挑，一般在"东南晌"时挑。小门小户男人要下地，起早挑。一律用木桶，水一沁透桶板，格外沉。不过扁担都好，能扇起来，省些力气。傍晚，拉车的拉犁的马们都回来了。在硬土地上打个滚，便到井沿去。那里有水槽，井里打上来直接倒里面。马虽渴一天，喝起来却斯文，先用唇试一下，再慢慢喝。一拨拨喝过，天也就慢慢黑下来了。

井在一个屯子里，比什么都重要，一天也不能没有。其实，不是什么地儿都能打出井来。是有了井，才有屯子。人类造井，一大发明。在中国，传说大禹的一个管山泽的官伯益首先作井。我们最早的一首诗歌叫《击壤歌》，一位老祖先一边击壤，一边唱"凿井而饮，耕田而食"。甲骨文中就有"井"字了。古时中国民间，信仰有万物有灵论的因素，凡对人有益的，内心十分感激的就无限推崇，想象出一位神来，或将真人神化。远古有五祀，祭祀五种神，门、户、井、灶、土。除夕封井，初一第一次挑水要祭井。节日供以甜食，生子三日吃喜面，也往井里倒一碗。家有喜庆如娶妻生子，要到井台烧纸，求雨，在井上插柳枝。直到今天，一些少数民族，还保有这样的习俗。可见井对我们何等重要。井使我们的先人从水边向无江河的地方拓展，由此更好地生存繁衍。

磨盘山水库，将是哈尔滨的井。长江将要成为济南、北京的井。咱们的"乡"可是大多了。

乡井不可忘。

冬 之 韵

　　如同淡淡的雾，在北国飘游、弥漫。也如同一首乐曲，时强时弱，在山河森林草原田野乡村与城市间回旋流溢，在人们心灵中萦绕荡漾，滋养着北方人的体魄性格。那就是冬之韵。

　　雪真正下起来，悄无声息。它更像弥天大雾，十几步以外的一切，像有人施了魔法般，全在视野中悄然隐去。一时间，世界好像只有洁白一种颜色，只有白茫茫一个形容词。

　　北风呼啸的夜晚，农村茅屋中的炉火，毕毕剥剥，火光将人影投在泥墙上，让人感到安详幸福。

　　最冷天莫过数九，最冷时莫过数九天的清晨，俗话叫"鬼龇牙"。带户枢的房门开了，嘎吱的一声，划破了一夜积淀下来的清静。声音向外传播，迟滞缓慢。黑狗蜷曲在门旁，一层厚霜，成了白狗，只露两只黑眼睛。马从圈里牵出来，哗哗地用竹扫帚扫去那身白霜，套在沾满霜雪的套上。大铁车赶出院门，咣咣当当，闷声闷气，挂铁掌的马蹄踏雪，咯咯吱吱，沓沓杂杂。人与马的呵气，可以看得见，像喷云吐雾。不久，车与马变成个小黑点儿，又一会儿，融进雪原，一切又都是白的了。

爬犁坐久了手脚冻木了，雪原上步行一程，身上觉得热乎。男人眉毛胡子上了霜，女人乌黑的头发上了霜。鞋后跟凝结着大雪疙瘩，比鹅蛋还大，敲下去，不一会儿又长起来了。于是他们又坐上马爬犁，甩了一个响鞭，爬犁飞奔，卷起一团雪雾。

井台一天天被积冰隆起，井口一天天被积冰缩小。井口的水汽袅娜升起，遇到井架，不知不觉变成了霜。于是冰穿派上了用场，井台井口十天半月要穿一次。

孩子们到江面上去玩。清去积雪，透过清澈的冰层，可以看到江底。一个"滑刺溜"（助跑，脚前后站稳滑出去）能滑一百步远。陀螺（叫冰尕、冰猴儿）猛抽一鞭子，快步跑一圈，回来它还转呢。堆雪人，打雪仗，玩着玩着，忽地远处轰然一声巨响，脚下的冰觉得颤动，心里一惊。原来是江冰被冻裂，出了一条一寸多宽几十步长的大口子。

江上也有不冻的地方，那只是江深处中心线的一窄条，人们叫清沟。上面雾气氤氲飘游，人马绕道，孩子们提心吊胆去望望，就赶紧离开。不过，有清沟的岸边，有几株柳树，常有树挂（雾凇），成了毛茸茸洁白的树，白的柳枝，随风荡漾，阳光中闪闪发亮，孩子们感到奇妙至极。

那时候没有冰箱，冬天给人们带来改善饮食的机会。杀了猪，分解成小块肉，浇上清水，冻在冰雪里。还有冻豆腐、黏干粮。孩子们更高兴，可吃到稀酥的大块糖（灶糖），冻梨用凉水一缓，梨上长出一层冰壳，敲碎了，露出来的梨，软软的，酸酸的。

后来有了公路。夜里乘汽车飞驰，正遇落雪，每一片雪，都像一条长长的斜斜的银丝，有的就撞碎在车窗上。车过去，路极光滑，忽有一阵小风吹来，散雪就成了许多条雪蛇，游弋着，蜿蜒舞动。风大了，就银蛇狂舞，甚而飞舞上天。

至于滑冰滑雪，冬泳冰灯，那是城里人的事了。一场大雪之后，机械人力一起出动，在车流人流中清雪，也是一大景观。

城郊雪原的黄昏，较平时明亮。远远望去，两三处黑点儿，那便是村庄。一些背着书包的孩子，骑着把上带套袖的自行车，往家里赶。有两辆马车赶回村，一匹火红的马驹儿，遥遥跑在车的前边。农夫、孩子，马与马驹儿都奔家。马奔一座遮风的马圈。人呢，奔那一开房门，就有一团热气扑过来的温暖的窝儿，那窝儿里，早上起来玻璃窗上有着奇妙的、天天不重样的冰花。那冰花任你随意想象，有时像椰林迎风，有时像海浪奔涌。

几只尾巴长长的花喜鹊，在波浪上滑行一般，飞向远处的树林，那里有它们的巢。

但愿夜里没有风。

这些，也许正是冬之韵的音符。

打　年　纸

　　年纸这一个词，现在年轻人甚至中年人，也许不大知道是什么了。早年东北人都懂，到年根前，这个词挂在人嘴边上。见了面打招呼，会顺便问一句：年纸打了没有？年纸就是过年祭神奠祖用品，"打"有买的意思，比方说买醋呀买酱油呀，不是也说打吗。

　　一进腊月，家家户户要忙年，庄稼户就更忙。淘米磨面杀年猪，蒸黏干粮做贴年饭，扫房，还要给孩子们添置一两件新衣服。有儿歌说小孩小孩你别馋，过了腊八就是年。还有儿歌把腊月下旬，简要按天编起来，哪天忙什么，都说上了。不过有一项却落下了，那就是打年纸没有说哪一天，也不好说，因为过小年（腊月二十三）以前，不拘哪天都行。

　　那时候商业不发达，年纸只好到县城去打。殷实的人家，套一副二马爬犁，打几声响鞭，掀起几阵雪雾就到了。小门小户也当一件大事，当家的起个早儿，贴身揣好平时积攒的几个钱，兴冲冲赶往县城。

买卖家不独杂货铺，贴上一点儿边的也都看准这个商机，抢着卖年纸。门面贴得挂得花花绿绿，里面年轻伙计笑脸相迎，有的还倒茶看座。一般的图个一顺百顺吉祥嗑，也就不像平时货比三家，赶到哪儿，就在哪儿买了。如果上一年，在这家买了，也还是想上这家去。也算老主顾嘛，熟，也放心。

有一点儿像现在的超市，不过货还是在柜台后面，你要什么，伙计就递给你过目，放在柜台上，最后一总算钱。结账的时候，一个伙计唱货名、数量、单价，另一个打算盘。一个唱得悦耳动听，欢快兴奋，一个打得手指舞动算珠欢跳，平添许多喜庆。好当家人还是要留神细听的。不然商家也蒙人。比如讲好灶王爷是赠送的。可是唱账时，会唱道："灶王爷不要钱，打上两毛钱。"买年纸，常按着神祇级别高低、重要性排顺序。先要天地，次要财神，然后依次是灶王、门神等等。也要买一些"空心马子"，商朝设官称马，后来有的官叫司马。所以只画文官武将，写神名的地方空着。各路神仙都要拜到不是，提不到念不到的来了，一看没他的香火，给点儿脸色受得了？多空一两个位置，确有必要。香火不能少买。有筷子粗的金锭香，也有一般的，还有很细的深绿色的线香。大红烛小红烛是少不了的，除了诸神祖宗牌位前要点燃，那时乡下平时是油灯照明，过年是要点蜡烛的。

年不光是神的节日，更是人的节日。所以除了年纸包，还要有一个红包，里面包的是对联、年画、挂签、洋袜子、红头绳、鞭炮。家里有人过"本历年"的，还要买一条红腰带。家有女孩儿的，这个红纸包外边，还一定别一两枝红绒花，花枝颤颤的，红得耀眼。

最盼当家人回来的，是孩子。一遍又一遍张望。见影了欢欢喜喜迎到村路上去，家里的狗也跟着撒欢。回到家里包打开，样样照眼。除了深秋，农村孩子很少有机会见到如此丰富的色彩。丫头爱花，小子爱炮，念过几天书的，就欣赏对联。"天地之大也，鬼神其盛乎""上天言好事，下界保平安""又是一年春草绿，依然十里杏花红"。词与往年一样，看时却又觉新鲜。

时代进步，文明昌盛，年纸远去了，留下来的一些民俗，却让人感受不尽年的温馨氛围。

隐没了的行当

在我的家乡松嫩平原，乡村里一些行当，转眼间，如同谢了幕的演员，人们一闭眼，那形象那音容笑貌，还在眼前晃动，可是一睁眼，舞台上，却见不到他们了。

石匠。一锤一錾，树根般满是老茧的手，常沾着花岗岩灰白色粉末。风吹日晒古铜色的脸，皱纹又深又硬，见熟人憨憨地笑，很少言语，那锤錾声可是毕毕剥剥不停歇。打场用石磙，少不得。打高粱谷子小麦，将庄稼头对头摆成一个大圆圈，三五匹马各拉石磙，在头马带领下，在圆圈上小跑。头马呢，拴一根长长细细的绳，叫"遛管绳"，父兄站在场院心牵着绳，甩动红缨大鞭就行了。打黄豆时，一场院全铺上，石磙要移动多遍，庄稼用木叉翻动。石磙要一头大一头小，才转圆圈，还要根据场院大小调整尺寸。有时石匠打场时来看看，见石磙好使，就又憨憨地笑。

立一个屯子，再小，哪怕只十来家，也得有三样东西：井、碾子、磨。这才人有水吃马有水饮，能将谷子变成金黄的米，麦子变成雪白的面，才可从新米新面甜丝丝鲜味中，体验到过日子的滋味。如井架再用石的，就样样离不开石匠。

如今，一按电钮，场打了，叫"脱粒"；米面出来了，叫"加工"；井呢，用机井或自来水。石匠们的影子，在这儿不见了。

隐退得更早些的，是"𫐓辘匠"。虽这么叫，他们却是修日常用具的，特别是炊具。谁家的水缸酱缸酸菜缸，出了璺、掉了碴，𫐓辘匠用小弓子钻，呲啦啦钻出眼来，抹好自制泥子，一溜铁锔子一锔，不松动不滴漏，好的一样。哪家小两口吵架，假模假式地砸了锅，只要不粉碎，也能锔。大海碗小饭碗更不在话下。我小时对面屋王老爷子，有副挑子，小抽屉里，砧锤钻一应俱全。挑子原来挺精致，我见时已饱经沧桑，闲置多年。王𫐓辘匠年轻时以巧手出名，童头豁齿、弯腰曲背，还能将人疼痛的牙拴牢线绳牵住，另一手忽一拍病人额头，同时突拉线绳，坏牙就下来了。那个时候，就不大有人锔盆锔碗锔大缸，现在这行好像消逝得踪迹皆无了。

过去货郎走乡串屯，叫挑八股绳的。有卖针头线脑小商品的，有卖酸梨瓜子大块糖的。前者摇拨浪鼓，后者叫卖，都撩拨人心。前者小媳妇大姑娘老太太围着，后者孩子们围着。他们一来，屯子平静被打破，带来一阵欢快的波澜，挑子远去了，往往还要议论好几天。

隐去的还有泥水匠。这是瓦匠的初级阶段，这行我国有几千年了。夏商周以土筑屋，墙高与厚三比一。办法是版筑，类似二十世纪大庆创业的干打垒。宫墙还要以蜃炭垩之，即将蜃壳烧灰刷墙，这就是"豪装"了，民房是不准垩的。后来蜃越用越少，只沿海才有，十分昂贵。唐时才有石灰出现。《诗经·小雅》中有描写筑墙劳动的诗篇。到了后汉，有了墼法筑屋。以木制小模子，装湿土砸实，晾干后垒墙。这大约是土坯、砖坯的前身。至于屋顶叫葺屋，《左传》有"清庙茅屋"说法。用茅草苫。战国时瓦才多起来。东北农村，过去多为草房。干打垒、坯垒比较多。以"拉合辫"（草辫子沾泥）编墙是后来的事。顶用苫房草。

这种草松花江江边的甸子上很多，秋天长成，风一吹草浪连连。草铡齐，房顶抹泥，用"拍房木"拍，草顶半尺厚，远看去黄灿灿反射阳光。落雨时，水滴珠子般滚下，这房顶一般可用十几年。

房有三、五、七间之分，只中间一间明屋有门，是灶间、过厅。屋里的炕，就将本地满族特点融合进来。东屋、西屋都三面炕，靠墙的叫万字炕，利于严冬取暖。

说到炕，搭好要泥水匠功夫，进烟，好烧，炕头炕梢热得匀，热的时间长，才算好炕。有这样功夫的大伙儿就叫他炕仙儿。谁家炕犯风憋烟，请他去，动一两块迎风迎火坯，说点火。一试火抽得呼呼响。泥水匠小褂仍然雪白，手都不沾一点儿泥。

现在砖房多了，有的住了床。泥水匠不学瓦匠，就是改了行，和大泥的罕见了。

俗话说旧的不去新的不来，农村新行当让人惊喜地涌现出来了。

58

告别了的生活

过去有一套"嗑儿"，说"关东城（东北）三大怪：窗户纸糊在外，大姑娘叼个大烟袋，养活孩子吊起来"。

窗为木窗棂，有菱形、正方、盘长（现叫中国结）等花样。分上下两扇。有"窗蛤蟆"（蛙嘴形木块），挂住上下四个窗轴，开关拆卸灵便。需通风上扇支起，三伏天狗伸舌头的时候，上下全卸，那叫敞亮。糊纸是在玻璃流行以前的事。纸叫高丽纸，碎麻破布捣浆泼成的，挡风结实拉力大。为何糊在外？风往屋里刮，糊在外牢靠。下雨雨水顺得快。糊时拿鹅翎蘸豆油涂在纸上，不怕雨不怕风不怕雪，晴天一晒发了紧，弹弹还嘣嘣有声。别小瞧窗户纸，天寒地冻中，一张纸，糊住了一个温暖的家。由它还产生一些语言。比如"就隔一层窗户纸，一捅就破""针鼻大的窟窿斗大的风"等等。

二十世纪初，呼兰知府写了首诗："井栏菸桁十寻，屋角椒帘几折，黑龙江畔人家，白露秋分时节。"菸就是烟，由吕宋传入我国的淡巴菰。八十尺长的晾烟架子，可见种得不少。满族妇女敬客以烟，装好自己先吸几口，擦了烟嘴，恭敬递过去称呼一声说您抽烟，于是姑娘学会抽烟。后来礼俗松弛，大姑娘抽烟，从我记事起就没见过。老人有，但逐渐大为减少。

说吊孩子，其实是让孩子睡悠车。满、鄂、达各族均如此，汉族见贤思齐学过来了。悠车元宝形，挂在高高的横梁上，悠起来孩子睡得香，母亲不误手上的活计。现在孩子早送托儿所了，悠车极少了。

过去卫生条件差得很多。记得有位文学家，写过香皂洗脸被看成新鲜事。农村洗脸使自制的猪胰子。过大年要杀猪。拿出猪的胰脏，买来碱，合捣均匀，做成椭圆形，晾干存起，够一年用的了。洗衣，哪里舍得动碱？将烧饭柴灰，以条子灰、豆秸灰为佳，储缸内泡水，这"小灰水"当碱用，衣服洗得洁净。

夏秋之交，浆洗被褥。里、面洗后阴干，用小米饭米汤，潦潦抹一遍。再晾干，叠好，捶棒槌。棒槌成对，以枣木最好，东北无枣木，以柞、色等木代替。同样的硬木厚板刨光一面，称"捶棒石"。于是咣咣咣咣棒槌声，在村落响起，清脆悠远老远就听得见。如从自家发出，孩子们听见，心里暖暖的。懒媳妇的男人听见，怨气与羡慕油然而生，心里说，看人家这媳妇！浆过的里、面，捶后光洁挺实。为了把缩水的部分补上，要喷水，两个人对面抻，一送一拉，发出啪啪的响声。经过一浆一捶，下次易洗。不过睡时挨到身上，又凉又硬，还唰唰啦啦地响。

李白有诗《子夜吴歌》："长安一片月，万户捣衣声。"原以为就是捶衣吧，后来才知，捣衣实是捣布料，使之平整，便于剪裁缝

60

制，并非浆洗。

那时缺医少药，又迷信鬼神，一有病重的，就请萨满跳神。一女一男成搭档，有时也都是男的。二神打鼓请神，大神哆哆嗦嗦大叫一声大跳一下，自报家门或狐黄（仙）或艳魂（鬼，多为女鬼）附体。于是扳竿子（竿头插线香测病）、打锏刀驱恶鬼、破关（破开作祟关口），遇到有钱人家，明明就一点儿感冒，或女人心情恶劣装病吓唬男人，那说道可就多了。做完"CT"做"核磁"，钱串子倒提拎起来吧，您哪，宰你没商量。往往连台本、连续剧捞银子更可观，使劲掺水以求延长时间。一跳十天半月的也不少见。屯子里月明星稀，神鼓咚咚，神歌高一声低一声，屯子的另一头，传来几声犬吠。孩子们近墨者黑，白天一面放猪一面学跳大神，晚上再去连续受老仙儿的熏陶。

镜头切换回来，我对天壤之别这词，体验得就别有一番滋味了。

远离了的什物

　　旧时松嫩平原农家，过日子的用品、家具、生产工具，原就数得过来那么一些。想一想，如今用不上淘汰了的，却不少。

　　先说穿戴。男人，夏天经常就一顶草帽。虽叫草帽，却是秫秸篾子编的，尖顶，如同现在粮库里粮囤子的顶、南方竹编的斗笠。遮阳挡雨，席地而坐可权当坐垫，方便实用。春秋，多戴毡帽。毡帽为牛马羊毛擀制而成，棕色的居多，县城里有专开帽子铺的。买回来呈圆形，将其一半，前后剪一对小耳，左右剪一对大耳。往帽盔里一折，半圆，也叫毡帽头儿。冬天将四耳缝上毛皮，叫吊帽子。皮上可以看出，日子过得怎么样。好一点儿的，用狐皮，火狐更好些，"芝麻花子"次之。貉子皮叫貉壳，留着长毫，耐磨。拔去长毫称貉绒，极暖，耐磨性差些。日子不好的戴狗皮，还有野兔皮的。因有四耳，故称四喜帽。

　　鞋是家做的布鞋。手巧的妈，能给孩子做雨鞋，就是高靿的布鞋，涂几层桐油晒干。我穿过一双，像小木匣还磨得慌，索性光脚。冬天穿乌拉，牛马猪皮硝制缝成。牛皮的结实，湿不透。里面絮乌拉草。这草有红根子、青根子，是关东城的一宝。拿方锤子垫着平石砸软，絮到乌拉里，腊月天站外头一宿，浑身都是白霜，却不冻脚。这是东北老乡独创，世界上哪儿也没有。有一种叫扇车的伐米工具，原粮碾完，一摇扇车，米与糠就分离。五谷杂粮要种全些，有的就种很少一点儿，比如小豆绿豆，无法用碡子脱粒，就用连枷。连枷由手柄头上铰链接一可活动的短棍组成，敲打成熟庄稼使之脱粒，灵便快捷。史书上说，这是最古老的脱粒工具。

有鱼贩子挑着鲜鱼，各屯子卖。用的是一种横筐，秫秸篾子编的。筐上苫着香蒿，很保鲜。

妇女纳鞋底，用细麻绳。那麻叫线麻，种在挨着道的地头，它有一种强烈气味，牲畜不吃，保护了里边的庄稼。秋天割了沤在水坑里，晒干存好，冬天傍晚闲适，边唠嗑边扒麻。用牛小腿骨，中间钻洞，安一段铁条，上端做钩，勾住麻经一转，就可拧起劲来，这纺锤农村叫"拨拉锤子"。不断续麻不断地转，就有了经，两股经一合，就成细麻绳了。寡母操劳家务，还起早贪晚纺麻，尺尺寸寸皆辛酸。童年不谙世事，钓鱼呀放风筝呀，都伸手向母亲讨要细麻绳。母亲总是说自个儿剪去。现在想起，悔得心都直蹦。

还有一种补袜子用的，脚形木架，撑起破漏袜子，便于缝补，俗称"袜底托"。这物件还不是家家都有，因为那时人们很少有袜子穿。

过日子，盆必不可少。家家都用泥盆也就是瓦盆，隔个十里八村，就有个瓦盆窑，远离村落，青纱帐里升起缥缈的烟，或许就是瓦盆窑。洗衣服的最大，装大半盆水，人就难端得动。人口多的人家，媳妇们轮流做饭，身子骨单薄些的，打怵的就是端大饭盆。瓦盆大小成套，形容一个人能说会道，就说他"卖瓦盆的——一套一套的"。瓦灰色的居多，也有偏黄一点儿的。新买回来，要放进饭米汤里浸泡，方可免去以后渗漏。家有锄地的，送水送饭，挑的是瓦罐，上有两个耳子，可拴绳。井拔凉水遇热天，罐子外面润而黑，远远就看得出来。

这些东西，可能除了电影电视里，生活中是见不到了。还有一宗见不到的，就是油灯，那时却是天天离不了的。

祖先发明了钻木取火，又过千万年，才想出夜里照明的办法，把光明延续到黑夜里。周时有燋，燃干枝，还不叫灯而叫火。古学校学生轮流举火。夜宴主人令下人举火以表热情，残本藏起，免客见以为主人劳倦而离去。堂前集会照明，有庭燎，苇束以布灌蜜即可点燃。楚辞"兰膏明烛"，燃动物油，结束数千年束薪为烛的时代。晋初有蜜蜡，很昂贵，石崇炫富，就以蜡烛为炊，一般人点不起。六朝出现植物油灯，立有灯芯，也叫火主、火炷。油灯一直延续一两千年。

战国时有人首型青铜灯，有十五盏连在一起的灯。西汉有羊灯、豆灯、盘灯等。出土的长信宫灯，可调控照明方向、亮度，还消烟，可定期清洗烟炱。三国有青瓷烧成熊状的灯。在灯的发展上，也体现了祖先们的聪明才智。

由于经济落后，解放前后乡下仍使用油灯煤油灯。油灯好的用锡制作，生活困难的，就一盏陶碟一段棉捻一点儿麻油。

在电灯下回忆这些，好像很久远很久远。其实变化也就二十几年的事。

源 与 流

一

　　我们这地球上，溪流江河究竟有多少，我不知道。恐怕就是地理学权威人士，也不一定能够利落干脆地一下子回答上来。它们太多了，多得就如同肌体上的毛细血管一样。然而我们如果说，在这数不胜数的溪流江河中，不会有两条是一样的，恐怕不会有人指责我们主观武断。因为世界上不会有两粒完全相同的沙子。

　　它们不一样，不雷同，原因甚多。但主要是源泉不一样。

　　源泉高远，其流必长，其势必猛，冲绝险隘，奔腾而去，纳汇百川，咆哮入海，长江黄河便是如此。相反，其源泉水不甚多，位不甚高，其流必不长，其势必不猛，或入湖泊，或成沼泽，常常不能归川奔海。

　　源不同，则流必各异。

　　源是流的母亲；而流是源的女儿。

文学艺术上，生活是源，艺术特色是流。

我们要探讨文学上的"北大荒特色"，或"北大荒味儿""黑龙江味儿"，追根寻源，入手的地方，应该是黑龙江的生活。

二

春耕前后看电视，便很清楚地看到，我们的黑龙江与黄河两岸、大江南北有多大的不同了。

气候不同：人家是细雨霏霏，润物无声，稻田秧摇碧水，垄上麦苗青青。我们这里呢，"战罢玉龙三百万，败甲残鳞满天飞"，正是银装素裹的时候。

欣赏兴趣不同：人家愿赏花灯——山水人物，飞禽走兽，琼楼玉阁，荷叶牡丹，卫星火箭，天上地下，古今中外，洋洋大观。我们呢，正在赏冰、赏雪。当然也看灯，但我们愿意看冰灯。那正是游冰城的最佳时节。大小城市里的男女老少，陶醉在冰雪艺术之中。偏远山村与林区，自然是没有这样的眼福，却也有自己的艺术。或自己冻制冰灯，或把各色彩灯悬在高高的灯笼杆上，杆上装饰以长青的松树枝叶，也别有一番情趣。

饮食爱好上不同：人家有广东菜、四川菜、江南各地名菜，让人看看也眼花缭乱。我们呢，也不逊色，有条件的獐狍野鹿、猴头木耳、蘑菇黄花。没条件的也是北方水饺、猪肉炖粉条子，外加一些大黄米豆包。

习惯、爱好、兴趣，在一个地方扎下根来，自有它的缘由。一件小事往往可以追溯到远古时代去。它可以说明许许多多经济、政治、文化（心理）与其他方面的问题。也可以让人明白，为什么同在祖国大地上生活，这儿与那儿的人民却有迥然不同的习惯与情趣。

黑龙江与其他省份是手足，有许多共同之处。但一母生九子，九子各不同，区别也是显著的。

三

地理、气候条件，对人们的性格形成，确有不可忽视的重要性。

在黑龙江，一个孩子某天早晨睁开眼睛，他看见的是玻璃上的霜花，像披了树挂的大树，像飞驰的白云，像奔流的小溪或者还像一些什么。恰恰他这一天记事了，那么冰雪的美，印在他的大脑屏幕上，一辈子也不会消逝。

此后，他稍长一些，会跟小朋友们到冰上打"滑出溜"，迎着风雪从高处放"爬犁"，放"单腿驴"（单腿爬犁）。接触自然所给予他的信念与欢乐，加深了他记事第一天的印象。

此后，他长大，冬天开渠搞水利；到山里去找木、"倒套子"（从山上往下运木）；到黑龙江、松花江、兴凯湖或什么冰上去打冰窟窿，用"挡钩"或者"搅罗子"打鱼；在冰天雪地中起早赶路，出远门，脚下发出嘎吱嘎吱的声音，雪花融化在脸上……他不感到是苦，却感到是乐。

他的性格，在与大自然交往中成长了。我想，他不会成长为一个林黛玉式的人物，这一点大约是没有疑问的。

四

假如您是一位外省人，到黑龙江来，特别是到地广人稀的大荒片上去，免不了要问路，那你可要记住自己的长度单位与被询问的人的长度单位，往往不同。

"老哥，到镶白旗屯，有多远？"

"老弟，不远，不远。我这房后边就是呀。走干渴了吧？快到屋喝碗水、抽袋烟，赶趟，抬腿就到，别着忙！"

您可千万别接受这热情的邀请，因为您的路程还远呢。他的房子是这个屯子里的最后一栋，他房子后边，是两里多长垄趟子的一片玉米地，地后边是一个柳条通，柳条通后边又是长垄子黄豆地，然后才是您要去的镶白旗屯。在他看来的确不远，是邻居嘛。放开腿一撒欢儿的工夫就到了。他从小到如今说不上跑过几百回，借把镰刀换个锄杠也许就蹽（跑）去了，但放在您这位没走过长道的人身上，可就是段远路了。

那么，您怀疑他恶作剧，还有他的热情吗？别、别，千万别怀疑。他的远近观，跟您不一样。至于热情、诚实，那是黑龙江人的一个特征。

物质存在，决定人的意识。这一特征，也是有其来由的。

原来这里地广人稀。前后几里地无邻居。成年累月不见个行路人。一旦来个外乡人，全屯老少都当一回事。有好吃的拿好吃的——豆包、黏糕、苞米楂子、大芸豆，有好喝的拿好喝的——二

69

锅头、高粱烧，外加都柿美酒。总觉着亲相不够。就是在解放前后，在荒原或是山林里，狩猎人的"地戗子"，人走时只是从外面顶顶门。您走进去自己可以生火做饭，吃饱喝足，抬腿就走。走时别忘两件事：把烧火棍放在地上，指出您走的方向；出去后把门重新顶上。这样的古朴风气，还可往前追溯得更远。很早时赫哲同胞常常在荒野无人的渡口放只船，船下扣些火柴和一小包盐。船、火柴、盐尽您用，用过再扣在您停船的岸上。

这样看来，不但气候环境，就是历史，对形成人们的性格，也起极大作用。

五

《历史的回声》这部书中，散发浓郁的黑龙江味儿。其中写酸菜散发的气息，一下子就让人想到旧社会黑龙江的农村生活。

单从气味、气息上说，我们这里就同别处不一样：

农民苫房草盖顶的独家小屋，过去窗纸糊在外边。烟筒是"拉合辫子"绕成的。这烟筒里散发出来的，常常是"秋板子"柴火味儿，有很强烈的清香气。

春天雪一化净，东南风一起，春雨之前，那种泥土气息，让人心里也醉醺醺的。

夏天，玉米地、高粱地热烘烘的、甜呼呼的，是庄稼气味。在过去，夏天农村还有一种气味，就是把小米泡它十天半月，变臭变酸，然后晾干，碾成面，压饸饹吃。这大约是外地人说黑龙江人是

70

"臭糜子"的原因吧。

还有许多气味。比如山林里红松的松香味儿，乌苏里江风带来的大马哈鱼味儿，沼泽地里的塔头味儿，瓜棚里的瓜香，烤苞米的香味儿……可以说，绝大多数是我们独有的气息。

嗅到它们，就让人想起故乡，想起童年，想起黑龙江的山山水水。当然，更会想起老少爷们，亲姊热妹，养育自己的父母亲人。他们身上就是散发着这样的气息……

六

有一位农民出身的作者，一下笔，土话就顺笔尖流出来，有的编辑不喜欢，弄得他很苦恼。

去年还是前年，在收音机里听了一段相声，讲的是黑龙江人到北京，与汽车售票员斗嘴的事。把黑龙江土话夸张了一些，夸张到让人有一点不舒服的程度。但，它总能与其他地方语言区别开。

实际生活中，土话的确不少，尤其五十岁以上没有文化的农民。请看下边这一段：

吾们（读姆们）家，搁（在）葛（读嘎）家崴子住，夜下黑下（昨晚）拱上来个小偷（不读儿韵），一席篾篓子（秫秸篾子编的篓子）黏豆包连窝端了（全偷走）。我大哥急楞子了，抄起烧火棍，搂（朝着）脊梁杆子（背）就是一家什（一下子），削（打）得他嗷嗷叫着挠岗

（跑）了。

不是本地农民，谁能完全理解这段话呢？如今，文化渐渐提高，农村也发生巨大变化，这样的土话一点点同新词融合，创造出新的农村嗑。

并非所用的语言完全是土话，才算作品有地方特点。但是，土语，是一个极其宝贵的矿藏，我们应该去积极开发。这种语言，不仅可以看出它来自山东、河北、河南的蛛丝马迹，也可以看出它容纳与接受了满族、赫哲族、达斡尔族等少数民族语言特色。所以我们必须吸取这些土话里的精华部分。它，正是我们的特点之一。

读四川的一些作家作品，我们不懂四川话，但能从土话中体味出四川风情，加深人物理解；读湖南的一些作家作品，我们不懂湖南话，但能从中体味湖南风习，印象更为深刻。我们为什么不可以锤炼自己的地方话呢？从土语到文学语言，还有很大一个加工过程。不管这个过程多么艰巨，我们都必须完成，不然，我们的特色中，就少了很大一个部分。

完全照搬，是自然主义；讨厌排斥，是虚无主义。

七

原来叫"北林子"的地方，已经成了绥化市。原来的大荒片，早已成了国营农场，二十年前就有北大仓的美称了。

如同电视屏幕上画线一般，铁路转瞬间新铺了许多。

工厂呢，雨后春笋似的出现。

城市扩大的速度出现了奇迹。

这就是说，许多农民变成了工人，进了城，原来的北大荒与工业结了亲。

农村沐浴着三中全会的春风，农村也正在发展商业、工业、文教、科技事业。

今天的黑龙江人，绝不是昨天的黑龙江人了。

他们仍然具有昨天黑龙江人的坚强、热情、诚实、朴素的基本因素，却又增加了追求知识、对未来充满自信、敢闯、敢干等新的品质。并且，还在变革黑龙江的过程中，变革、完善着自己的性格。

历史的，民族的，地理的，政治的，经济的，道德的，文化的……种种因素塑造了黑龙江人的基本性格。其中许多因素发展变化，人的性格自然要发展变化。

能够写出黑龙江人的性格发展变化的作品，才能充分体现出"北大荒味儿"来，才算有今天的黑龙江特色。这一点，我以为是不可忽视的。

八

雷也隆隆。

闪也熠熠。

然而春雨却没有沛然降临。只是稀稀落落，顶多施惠于某些地带。

黑龙江特点问题，呼吁呐喊有年了，慷慨陈词也有年了，效果怎么样？

领导不能说不重视，作者不能说不自觉。但事实是，我们创作却不能说是开创了新局面。

不能开创新局面，跟我们没有写出黑龙江人今天的特色风貌，大有因果关系。

原因到底是什么？该是热爱黑龙江人，热爱黑龙江这地方，站在黑龙江文学哨位上为祖国四化服务的朋友们，认真深思的时候了。

九

谁不愿意吃好桃子呢？

摘一颗好桃子，也不太容易的。要千里迢迢跑出去，要仰着脸向上看，还要……

然而，种桃子就更不容易。

摘桃子解一时饥渴是可以的。但是，却不能常保不虞。一旦供不上嘴儿，追逼过紧，好桃树也会结出三流桃子的。

那么，还是把眼光收回来，栽自己的桃树吧！不过"杏四年，桃三年"嘛！与其仰脸摘桃子，何如低头种自己的"承包"树呢！

为了反映黑龙江生活，请对人家园里的桃子心向往之的园丁们，收回心来，下三五年功夫，选好苗子，侍弄自己的桃树吧！

十

源是相同的，流却仍然可以各异。尽管所流的水质相同，那河流仍然可以急缓不同，直曲不同，千姿百态。

以"北大荒"为源的作者同行们，用您自身的"河床"，去创造您的河流吧。

您可以一泻千里，浩浩荡荡，直奔东海；

您可以千回百转，荡气回肠，流入大湖；

您可以是一条欢蹦跳跃、一路歌唱的河流；

您也可以是一条安谧宁静，映着绿意，在森林里与草地上浅吟低唱的小溪。

然而，河床里却都是同一源泉里的水。

丢掉一点儿落伍者的自卑感，增加一些振兴黑龙江文学创作的责任心。我们不会辜负这闪光的、纯洁的、甘美的源泉，不会让它空空流过……

1984 年 9 月

故 乡 的 风

　　我还是个大孩子的时候，离开故乡，离开平原，到了山里，到了大森林。

　　森林里一切都新鲜。连风都新鲜，那样清新，那样诱人。迎着森林的风，任谁都按捺不住醉了一般的心跳。可是，我总是隐隐约约感到那风里少了一点儿什么，心头掠过一丝淡淡的失落之情。

　　大海，我也到过，也是一切都新鲜，连风都新鲜。长驱万里，气势浩荡。它使人振奋，激励人上进。迎着海风，任谁都会感到，在地球上做一个人，有多大分量。可是，我仍然感到那风里缺少一点儿什么，心头掠过一丝淡淡的失落之情。

　　去年，我回到一别三十年的故乡，沐浴了家乡的田野之风。

　　家乡的风牵人情意，惹人回想。那风里有五谷香气，有秋板柴烟的香气，还有"顶心红""羊角蜜"的香气。家乡的风啊，有乡亲们热汗的气息，和他们朴实的笑声、浓重的乡音。

　　沐浴着家乡的风，我们的心安宁、甜蜜而充实。

哦，我明白了，森林的风里，大海的风里，缺少的究竟是什么。

泥　土

一个小男孩儿，小心翼翼伏在麦田里。

骄阳炙着他黑红的脊背，麦芒刺着他黑红的脸，然而他全不觉得。

他的心，在一只蝈蝈儿上，那是他的整个世界。

那只蝈蝈儿像火一样红，通身亮晶晶的，两只眼睛更亮，翅子像纱一样。它轻轻抖动着须子，在一片麦叶下，忘情地歌唱。

麦棵子不知不觉地分开，不知不觉地合上，孩子悄悄向前爬，只有风看见，只有天上的老鹰看见。

近了，更近了。孩子定一定神，他真担心自己的心跳声让蝈蝈儿听见。

孩子小心地伸出两只小手，轻捷地一合。

蝈蝈儿在秫秸笼里惊慌地跳，竭力地撞。后来，它伏在一个角落里一动不动。须子与翅子都垂下来。唉，它是多么颓唐啊！是疲乏了，还是失望了？

孩子采来鲜嫩的倭瓜花儿，花瓣上滚着晶莹的露水。可是那只蝈蝈儿呢，还是那样不开心，不吃，不喝，也不唱。只是那么呆呆的，一动不动。

孩子着急了，他问母亲："蝈蝈儿怎么不唱？吓忘了曲调了吗？"

母亲说："不，孩子。它是泥土里生的，它是在思念那片泥土。"

孩子抽开蝈蝈儿笼儿，把蝈蝈儿放了，放到那块麦田里。

"蝈蝈儿，蝈蝈儿，蝈蝈儿……"不一会儿，那蝈蝈儿又唱了。

孩子大了，远游他乡。过去的事有许多已经淡忘，然而那蝈蝈儿的歌唱，却常在他梦里回响。

"蝈蝈儿，蝈蝈儿，蝈蝈儿……"

1985 年 12 月

落　差

鹰　羽

搏击长风，穿越雷雨。雪山、大海都在雄鹰的鸟瞰之下。

"靠我，你才会如此叱咤风云。"一片鹰羽对鹰说。

"恰恰相反，靠我对蓝天无限的追求和不竭的力气，你才能遨游长天。"

鹰羽离开鹰翅，随风飘荡，落在山岩旁边。

"怎么样？"鹰说。

羽毛说："我说错了。"

鹰睥睨羽毛，要振翅高飞。羽毛又说："不过，我在天上飞，是靠我们羽毛兄弟，你也是。"

暴躁的鹰震怒了。它拔去翅膀上所有的羽毛，说："你看看，我照样能飞。"

鹰纵身一跳，扑扇翅膀，却……

唉，鹰与羽毛啊！

燃　　烧

夜是白的。迷迷茫茫，大雪从高高的天空蹒跚着来探望森林。

篝火正旺。

火光的年轮，向夜空弥漫。跳跃，飘忽，伸缩，摇曳，时大时小。火红、深红、淡黄、鹅黄……还有宝石光泽般的蓝与雨后天空的青在倏忽变幻。

不见了，不见了。枯枝化成了火，化成了光，化成了热，化成了节日焰火似的五光十色。猎人投进一段枯枝，投进去了，又一段。

有一段枯枝冻牢在地面上。它牢牢抓住冻层，不愿投身篝火。三四个春秋过去，人们看不见它，因为它已腐朽。

过了几年，猎人重进森林，他觉得篝火的绚丽色彩仍在眼前，仿佛那温暖还在血管里欢畅地流。

猎人的子孙走进森林，忽然想起老猎人讲过的篝火，他像走进童话的世界。他真的看见了那篝火绚丽的色彩，真的感到那温暖也在自己血管里欢快地、欢快地流啊流。

1987 年 8 月

怜　爱

一

没有风，铅色的背景下，悄无声息地落着雪。雪松松软软的，像开锅的牛奶，小院中棚屋上，不知不觉中涨起来一两寸。下午，天色灰暗，偶然朝玻璃窗外一望，见一只狸猫，弓着脊背蹲伏在棚脊头上，以为是邻家的，没大在意。向晚天色昏暗，雪继续下着，那猫仍蹲在那里，身上已是覆盖了一层。

老母亲说去看看吧，若不然一宿会冻坏了。我开房屋门，吱嘎嘎地响，它稍一惊，朝我喵地叫了一声，却没有离开的意思。我个子高，林区烧木柈子，随便踩一段，就面对着它了。它低低地探着头抿着耳朵，哀哀地望着我叫，述说它迷了路还是遭到了主人的抛弃？我伸手去抱它，它微微颤抖，却不拒绝。

进了屋，母亲忙伸手接过去，说这不是揣了崽吗，怕是快要下了呢。忙找来些吃的，看它大口大口吃过了，便舔着嘴眯着眼擦母亲的腿脚。母亲又将它抱起摩挲，发现这猫尾尖一寸许的地方，骨折过没接直，向左成了一个钝角。母亲咂咂嘴，说它没少遭罪，留一宿再说吧。

第二天放它出去，我们想它可能雪天迷路，原来的主人会到处寻觅。放出去的意思是去留凭它的选择。它出去对着明晃晃的雪眯起眼，跑到避人眼目处方便一下，就连忙抖落着脚扑回到屋里来。我们全家都欢喜，母亲说留下吧，来猫去狗，越过越有。

它这来可不是来一个，不久我家添了一窝五六只猫崽儿，没想到品种这么好，本地的，竟生了一窝波斯猫。

狸猫的第二窝，又是一窝波斯猫。当时，粮油普遍实行最低量供应制，更不要说副食了。母猫吃得不足很瘦，还要喂奶，就一天几次出去捕鼠。终有一天它出去，就再没回来。一个妈妈，不会离开吃奶的崽跑掉，被狗咬了被人捉了，抑或是偷嘴吃，被谁狠心打死了？全家屋前房后四邻八街，凄凉地呼叫了一个晚上，仍是踪影皆无。

五只雪白的猫崽儿，还不到断奶时候，张大红红的小嘴，细声细气地叫，赖赖地叫，让人心里不安。饿急了，一个个爬到炕上。母亲的小炕铺纤维板，刷着红油漆，格外的滑。猫崽儿们头晃着身颤着四脚的嫩爪全伸开，爬了一炕，碰上人手就要吸吮。那时女儿两岁，求人买点儿奶粉喂她，我只好强忍着心拿一点儿出来喂猫崽儿。冲了放在小碟里，猫崽还不会吃，常常弄得一脸一身，还一点儿也没喝到口。我搬到母亲的炕上，晚上好照料。猫崽们有时爬到被窝里，常弄脏被褥。

到找"婆家"的时候，我曾一一个个亲自考察，送出以后，又去探望。见它们健壮活泼，才算放心。

从第二窝中我留了一只，是郎猫，长得很快。碧蓝的圆眼，嫩红的鼻子和嘴，浑身洁白如雪，毛蓬松着，足有一寸半长。一条茸茸的尾巴，就平时也挓挲着，像其他猫发怒时一样。它能跳得很高很远，一蹿像一道白光，在房上如一片云，跳下来似一团雪。蹲那儿不动，分明就是一尊玉雕。它骄傲、孤独，不大与人亲近。

就是性格冷一些，家人也无比喜欢它，取个女性化的名字叫小花儿。小花儿的一大缺点，就是公然袭击家里与邻居养的鸡雏。对面一个邻居，正闹着脚，拄着拐，来指控它的这方面罪行。那时副食极少，改善生活的希望，都在鸡上呢，怎敢不严加管教它？但都是住平房，夏天里敞窗亮门，圈不住它。我拿一只鸡雏给它看，让它闻，然后笞以树条。女儿心疼流泪，叫指控的人为"烂蹄甲子的"。满指望它能改过，哪知人家满脸阶级斗争又找上门来。我听说要把鸡毛烧成灰给它闻，并再加以教训，才好使。我忍着心赌着气，如法炮制。邻居杨大娘说情了，说大侄子可别打了，哑巴牲口知道啥，还吃我家一只鸡崽子呢，我都没吱声，等关窗关门，小鸡大了也就好了。可过几天人家拄着拐又来声讨。我一向取睦邻政策，这小花儿简直逼得我走投无路。妻说，你上班，我处置。

等下班，家里再没有小花儿了。

二

既然副食如此困难，就托人要了一只奶羊羔养着。我住处离城

83

边不远，但在城西、城北才有草可割。不管阴天下雨，我和妻三天两头就要骑车去割一次鲜草。城北原是建城之初的乱坟岗，出大差的地方。城有了规划后，这里荒弃了。有一次割草不小心，一只脚踩到坟窟窿里去了。

小羊一身雪白，大眼睛清澈善良，养在院子里，一天咩咩地叫。不久登高本领大增，能上窗台，将刚溜上的窗缝纸啃去，还能从窗台，跳到小棚子顶上。冬天来临前，我也给它搭了一个小窝。暴风雪肆虐，人冷得受不了，怕冻坏它，就可它身长做一小棉被，脖子下肚子下用带子结上，成了一件羊衣。一次早晨，它溜出院去，到了上坡，人说这是什么怪物？从此，朋友们常拿羊穿衣来取笑我，我也并不悔悟。

养羊为喝奶，但找了几次种羊，都没怀羔，奶也就无从产起，无奈只好送给住城外的亲戚家。他们说也不怀羔，杀了吃肉了，给我家送来一块，女儿不知是什么肉，吃了。其实，我什么肉也不忌口，细一算账，一辈子也不知吃了多少生命呢。也不是"假撇清"、假慈悲，一想到小羊的样子，肉就吃不下了。

三

女儿的同学，送她一只狗崽儿。养大了却不高大，深黄颜色，尖嘴巴尖耳朵像狐狸。它长起来的时候，搬家到这林业城市的东北角，家屋成了小城最东北角的房子，北面靠山与下山的一条路，东面临河与一道河边的大堤。它觉得领地广阔，很有一点儿趾高气扬的样子。路与堤上走人，它如同看不见，该撒欢还撒欢，该趴着还趴着。那下巴放在两前腿上看风景，还保持这个姿势。如人家一下路下堤，立刻依据来势，发出急缓不同的警报。后来北面又盖新房，它也就自动将监管范围，缩小到我家的小院内。

一幢小二层楼四家住，各有单独通道。我住二楼东边，外楼梯，独门独院。我与妻一同上街，告诉它："奔楼，好好看家!"它就趴在楼道兼阳台上，目送我们从堤上走去。不认识的人来，那架势就是条狼，除了从它尸体上踏过，别想上楼。远远看见我们回来的影儿，立即下楼飞跑迎接，亲热得就像几辈子没见到了，前钻后跳，不断地扑上来，那是分明在说，怎么才回来，急死我啦!那时我已转到哈尔滨工作，回来的火车夜里到达。它远远听到我的脚步声，就欢乐得呜呜叫，使劲从里面挠大门。开大门后，扑我的腿，一直扑到屋里。妻说你不在家，小奔楼就蔫，回来就精神，就好像我给它气受似的。

那时小偷还不多，拣日子殷实的人家做目标。一天半夜，小偷想偷我楼下的邻居。让小奔楼一阵狂吠，给吓跑了。一年轻朋友摸它的头骨说有一道沟，聪明。所以它下的两窝崽子，都一抢而空。有时它也犯错，曾将我埋在雪里的冻猪肉，一宿都给埋到煤堆里去了。骂几句，耳朵一抿溜走，绝不重犯。有一双贼眼一张馋嘴一颗贪心瞄准它，小口径枪伤了它的右后腿。万幸它跑回家来，浑身颤抖伤口流血。我冲出去看，堤上堤下，只见到一些垃圾。于是我包扎伤口，接骨药裹到食物里喂它。复原后又遇一场大病，我找人要了些过期的红霉素给它注射，一个多月才算熬过来了。

我往哈尔滨搬家用汽车。山路上有人指车上喊狗狗，停车一看，是小奔楼从笼里钻出来，大约是不停地跳舞找平衡呢，便将它抱进舵楼。中途住招待所，我说给大家表演一个，不然人家不让你住在屋里，它就坐起、作揖，大家一阵笑声后，特许它睡我床下。一路上驾驶室，它跟我紧贴不离，担心我抛开它似的。在哈我居七楼，那时大城市还禁养狗，一天一夜只能偷偷领它下去放风一次，大小便它都知道憋着，一冬天蜷缩在厨房碗架下。慢慢地爪长毛落。巴彦—外甥喜欢它，于是，在春融的冰雪中，我送它上了外甥的吉普车。

二三年后公出去巴彦，顺便看外甥也看奔楼。我一出现在胡同口，远远地它一支棱耳朵（左耳，右耳不会支棱）一挺脖儿，迟疑地吠了一声。我喊奔楼，它立刻认出了我，奔过来扑我，呜呜地叫，我的眼潮湿了。外甥夫妇讲了不少奔楼的故事。他们生了个女儿，奔楼喜欢她，常趴在她旁边守着。人说认个狗干妈好养活，外甥媳妇就让认了。好狗护四邻，邻家来小偷，被它咬走不止一次。有一次，被人下了药。半夜它破死破活挠窗户，进屋，扑在主人脚下就死了。外甥掩埋了，事后很久才告诉我。

如今，它的"干女儿"，已考上大学了。

四

外孙女牵着姥姥的手，逛江边的花鸟鱼市场。见了鸽子，闹着要买，姥姥给她买了一对儿，回来养在阳台上。当年就在草编的窝里产卵，孵化出一对小鸽子。想不到的是，乳鸽还没学会自己吃食，一对亲鸽就飞去。先还以为能回来，天下哪有扔下自己的子女毫不顾怜的父母？这一对儿可真就是。嗷嗷待哺，以粥饲之，乳鸽只用喙触，不会吞咽。急中生智，以手握食成筒状，仿亲鸽的嘴，一只六七天才学会吃食，另一只始终没学会自是饿死了。

存活的这一只，渐渐会亮翅了。一次阳台忘了关窗，想起来去关，小鸽子不见了。女儿、外孙女挺痛惜。我到楼下找找没有，也就放心了，出飞了，找大帮去吧，免得孤独寂寞。第三天，女儿看见它在邻家阳台顶上朝她叫，便高兴地喊我。这时它已落于窗台，我忙拉开铝合金窗，它就进来了。

至今还养着。我早起，它在阳台上听见我的动静，就咕咕叫，去看看，它就亮翅给你看。有时也放进屋来，它大大方方散步，飞落在书架上。一听见水管放水，如在夏天，就要跳进盆子洗澡。来了客人，竟落于人家肩上头上。

开窗，也不飞，对蓝天恐惧。唉，惯子如杀子！

五

五十年前，我在林区找到工作，母亲来团聚。

母亲那时养了一口黑白花的猪，得卖了才好动身。收购站在县城，十二里远。没人手，又不愿求车，只好引着猪去。猪就跟着小脚老太太走，因平时也如此。猪也累，放赖不动，妈就撒几颗黄豆。就这样，一步一挨，总算到了，但这猪死活不进人家的圈。收购的出主意，说如老太太一进，它就能进。果然。但老太太出来，可就不让它出来了。母亲说走多远，还听它唉唉地叫呢。

人负疚于动物，这心情我就有，怜动物更爱自己。活着就不能不饮食，正常的，负疚心情可能淡些。不正常的，就重些。比如，我十多岁时，为逞英雄，用洋炮打死一条狗；为校准自制的火药枪，瞄准打死一只大蜘蛛。几十年不忘，觉得不该。

唯其如此，人才怜爱动物，尤其是怜爱已被人驯顺的动物吧。

2002 年 7 月

主　蔬

　　这个题目须限一个范畴。相对主食来说，主蔬乃一餐的主要菜蔬。各餐不同，用餐人身份财力习惯不一，主蔬怎么会一律？这里要说的，是庄稼人的、北方庄稼人的、过去北方庄稼人的、过去北方庄稼人苦春时节的主蔬。什么菜蔬呢？普通得再不能普通了，就是葱。

　　一提起大葱，就联系到一句顺口溜：大葱蘸酱，越吃越胖。也会想到山东汉子，煎饼卷大葱，养育了一代代山东大汉。火辣辣的红脖子汉，耿直坚韧，讲一个义字，肯舍己肯付出肯助人。人说辣椒对形成湖南四川人的性格有关，大葱对形成山东人的性格也有关吧。

　　山东乡亲，对大葱忒钟爱。有一个很夸张的故事，说有一个小伙子，一时不留意滑落井中，几经努力也上不来，精疲力竭，危难在即。乡亲几救未果，束手无策。他娘忽然到井边地里拔棵大葱，探身在井口摇晃着葱说，孩儿呀，上来，有大葱啊！小伙子一听浑

89

身是力，居然上来了，看来真是知子莫若母。

那时大葱不仅是主蔬，也是一种特产，给紧巴巴的日子以一点儿膏泽。

山东大葱颇受北方人青睐，尤其章丘的，有"葱王"美誉。据说唐代就是佳品，有的竟然长了一米半高，葱白半米，一株有重一市斤者。多种优良早熟品种，十月中旬上市，来年三月卖完。

大葱可是我们这块热土上的原产，淮河以北，黄河中下游为发源地。中原、西北不用说了，有山西的巴公大葱，葱高白长，人称"扁担葱"。一般的葱，切时鳞茎间不易分开，此葱横切一刀，层层小段鳞片自行绷开，雪白的葱片满案飞花。还有北京的"高脚白"等等，都很出名。就连东北的盖平、铁岭、呼兰也不甘居人后，有"呼兰的葱，双城的蒜，阿城的菇娘不用看"的民谚。此三县如今已划成哈尔滨市区了。

说到东北，对大葱更是不可或缺。

大葱生命力极强，"淹不死的白菜，旱不死的葱"，可见大葱没有"娇骄"二字，最严酷的环境也能生存。

大葱一年四季都能食用。秋天恰是大葱收获季节，东北农村，不管是不是当商品栽种，反正家家有。大犁一翻，白是白，绿是绿，亮了出来，让人精神一爽。稍加晾晒，"草腰子"捆成三盆子粗的大捆，找背阴的地方存放就不用管了，即使被暴雪掩埋起来也没关系。用时，扒开雪拿出一些来，放在外屋地下一角缓着。尽管已冻实心，一磕甚至会断，可是缓上七八天，剥去枯叶，跟刚收时一样鲜。蘸酱、包馅、做菜、当作料，样样少不了。特别是过大年，少了它就少了不少年味儿，就觉得年没办全，心里总感到快快的，少了点儿什么似的。

有松竹梅"岁寒三友"之说，葱品质上不次于三友，就因缺了一点儿诗意雅意，名落孙山了。

城里的人也是从乡村来的呀，对葱的精神物质需求与乡村大同小异。城管因职务相关，有时限制农用车、拖拉机占道或通行，居民比卖葱的农民还窝心。车来了，常常是往年的熟主，买方又多是老年人，唠几句家常，问问收成，端一碗开水出去，挺和谐。成车的葱，一会儿都分散到各家去了。晾干，十来株，叶子拧了挽成"把"，有放阳台上的，也有挂于阳台上的，还有的以小树为圆心，围一圈葱捆。储葱劳动，给老年人一种回忆从前生活的媒介，那是心平如水、从容祥和的时刻。

其他几个季节，有白露葱、羊角葱、小葱上市，可以说随吃随有。

有一年去北京，忽然想吃东北风味的猪肉大葱馅水饺，跑到大栅栏一胡同才吃上。去年存了不少的葱，到春末吃净了，便又买了一大捆，回来栽入花盆，有一搭无一搭，浇过几回水，长得竟是勃勃然，至今还在享用着。

大葱真的就那么俗吗？好像也不见得。《礼记》里面说到了葱，春秋时卿大夫有公膳，常膳为双鸡。"肉食者谋之""肉食者鄙"等语也可印证。大约贵人更得食葱，不然，大鱼大肉，常了也腻。高士传有"麦饭葱菜"的话，可见不但肉食者，连高士也食葱，还是腌葱。古有五谷、五果、五菜之说，五菜为葵、韭、藿、薤、葱，葱居第五。北魏《齐民要术》计九十一节，就有《种葱第二十一》

一节。明开国朱皇帝的五皇子，于其《救荒本草》中提醒小康之家当种"百本薤，五十本葱，一畦韭"，科学家徐光启谓之"仁哉，其用心乎"。

葱不仅营养丰富，还可入药。《汉武内传》说，"上药，玄都绮葱"，李时珍《本草纲目》大为肯定葱的药用价值，称葱为菜伯，治寒热、面足浮肿、小儿不尿诸疾。

葱本身难入诗文，用其颜色作形容美词的却不少。《小雅》有一诗句"有玱葱珩"，说腰间的玉佩横头是青绿色的。郁郁葱葱、草木葱茏、葱翠等等，很不少见。口头语如"那姑娘水葱似的""葱心绿"等等也不少用。大约葱的与众不同，另有神韵，觉得雅，便挺得宠。至于那独到的绿的载体则被冷落，葱的绿，是出污泥而不染了。

雅者多为美食家，清风雅才子李渔嫌葱味浓不食，"然亦听作调和"做作料，也还是吃的。鲁菜大受欣赏，那是少不得葱的。北京烤鸭，《大雅》《小雅》中被追捧有年了，而且常作为雅文化招待外宾，差不多已"与国际接轨"了。餐桌上，没了甜面酱及其"伴侣"大葱，岂不于兴于味都索然了？

此外，中档菜的肉片海米葱，雅者未闻拒绝过，也就更不要说高档的葱烧海参了。

人受益于葱不可谓不丰，却一转身就捂起鼻子，幸亏它不会感觉不公，还照样奉献，不然，我们就失去这准"岁寒一友"了。

2007 年 6 月 1 日

牛　冤

人之初，如飘飞的杨花般，得个方便，譬如说，微风恰好息了，或草木荆棘、沃野沙漠收留了它，它便成了那里的居民。那里环境不论优劣，便都是造物的恩赐，到老心里也留着那些春风秋雨。

我生在农村，一闭眼，便可看见许许多多"老照片"，对我来说它是活的。

牛　冤

地里庄稼收过之后，大雁南飞。

屯里游手好闲的，弄一杆"砂枪"去猎雁。那砂枪"苗子"（枪管）长长的，有三道亮亮的铜箍儿，拢砂子（霰弹），很准。埋伏在水泡子旁，或是南归之雁可以落脚的地方。大雁警惕性高，不落。它们选一望无际的田地觅食。先是它们与拾穗的孩子可以共处，猎手装成拾穗的。上了几回当，雁便见人就飞了，可是还不怕野牧的牛。

猎人就隐在牛侧，暮霭中悄悄接近大雁，看看够得上了，顿时直腰。雁群惊起，在它们扇动翅子时，猎人扣动扳机。在雁群惨叫声中，火光一闪轰然作响。羽毛翻飞，鲜血迸溅，雁有的就地挣扎，有的扑扇翅膀，有的飞一段坠落。直到苍凉惊恐的咯嘎声，被暮霭融去，才复归平静。

猎人去拾猎物，牛漠不关心地傻看。

从此，雁群一见牛，也像见人一样，远远地飞去了。

游　仔

庄稼上场前后，孩子们盼了许久的乐趣，说到就到了——苏雀飘来了。它们成群地飞，一起一伏，一起一伏，像风送来的一片片叶子。不知道从哪儿飞来到哪去。落在村旁的黄蒿上，侧身两爪抓蒿秆，一片黄蒿摇摇晃晃。脊背色如麻雀，不过头顶一抹深红，雄雀胸脯也红，它们较麻雀略小却敏捷多动。

孩子们喜欢，就想捉来，手段多用"滚笼"。北大荒农村，旧时很少得到竹。扎制滚笼，就用高粱秸（我们叫箭杆）梢头。巧手的可以扎出两层楼，一般有两个翻动机关，雀一落，就滚进笼里去。把滚笼挂在高高的杆头，伪装以树枝，先让雀们有落脚处。这是生玩意儿，它们当然不是轻易就落，看见里面红的黄的谷穗，就顾不得别的了。

诱着苏雀的，还有游仔。这个字，还可写作四框里加个"繇"，是养熟了放在滚笼的二楼，悠闲地吃着唱着，与飞来的生鸟交谈。生鸟不由就去了疑心，近前去啄食谷穗，爪子没落稳就滚下笼去。游仔不管它，又去引诱别的。钓鱼用蚯蚓，捉其他鸟用虫，都不用同类。用同类心更狠些，现在有的商人用"托儿"，与此类似。

捉住了，笼里放张小梯子，它们会跳上跳下。也可散放农舍里，扑噜噜地这飞那飞。捉它们，孩子们是出于喜爱，有的大人却不顾孩子苦求，拿了去卖与城里人，炸了"铁雀"吃。

现在苏雀少见了。

立　冰

我们小小的屯落，离松花江不远。江南江北来来往往，夏天靠划子，冬天靠爬犁。难的是封冻后与开江前，封江后冰薄，开江后冰酥，易生危险。屯人有急事，要过江，又不知行不行，往往求助一匹老白马。它瘦骨嶙峋，半闭着眼，平时头垂着，拉着爬犁来到江沿则扬着飘鬃，两目如电。封江冰不过寸许，它嗅嗅江面，就从从容容，不疾不徐拉过去。江面上有了压力咯咯响，老板子手心臭着汗，它却没事般过去了。开江的时候，头一天过去，第二天踟蹰复踟蹰，是打是骂，它就是不回来。

靠了它，我们小屯在过江上，一向安全。

流传着一句话说：宁走封江一寸，不走开江一尺。说封江的冰是横碴儿的，开江是立碴儿的。

95

风　判

《红楼梦》里有句话：假作真时真亦假。庄稼院里，务农劳作，看似简单，实则须可靠经验。旧时农作少科学，经验就显得不可少了。比如分辨真假上，就得一点儿好眼力、好手段。不要说当家人，女人、孩子也得懂些。若不然，这个假就打不了。

种谷子宽苗眼，苗出个一二寸高，要叫小工子（多为女人）薅苗，薅苗用扒锄子（尺八长一手用的小锄）。杂草好办，一眼就可看出。难与谷苗分开的，是稗草和谷莠子，真假孙悟空同台献艺。本想的打假，主意一时拿不准，便打了真了。

麦收前后天大热，孩子们又一个兴趣季节到了——抓蝈蝈儿。抓到了要喂。喂什么最好？首选倭瓜花，角瓜花次之。要摘蒂细花长的，那是谎花，不然的话，就要少结不少"秋纽子"（小瓜）。

高粱秀穗时，也有假的，叫乌米。跟高粱苞一模一样。有经验的孩子知道，像肌肉发达的小腿肚子，紧绷绷的才是。两垄间，仰着脖儿，两眼扫视。掰下来的乌米十个一把，掖在腰间。脖子、胳膊给高粱叶子拉了一道道血印，也不觉得。乌米可生吃，一嘴黑。也可蒸吃，要蘸酱。

尽管早期层层打过了假，收成时，也还有假粮混进，滥竽充数。庄稼人会借风。假粮，别看结穗时仰着头，上风一扬，或一簸，它自然就得甘拜下风。

2002 年 4 月

雀 儿 趣

住进这七层楼三年多了，一向以为隔壁是位特级教师。曾在各自的阳台上，隔着两层玻璃与几米距离，在空中打过几回照面，一面浇着花，一面相互微笑点头致意。晚上静了，也可隐约听见他家的琴声。我们是近邻，这是无疑的了。

近来才知道，我竟错了。他不应算作近邻，两家之间，还住着也许不止一个家庭呢。两楼虽紧挨着，我住的这边儿，却是后盖的。山墙间，原有两指宽一道夹缝，雀儿在里边做了巢。

似乎去年，妻便说过，我没大留意。近来病后在阳台上闲坐，果见有麻雀扑噜噜飞来，衔着肉乎乎的虫儿，或是一只白蛾子，一闪便钻进夹缝中去。不一会儿又飞来一只，脚爪抓着夹缝的边儿，歪着头，疑心颇重地看我。迟疑一瞬，也钻进去。

楼房的对面，一堵长长的红砖墙的那边，是大城市里很难得的一片开阔地。有一座用木板看台围起的篮球场，还稀稀落落地生着几株高大的家榆。

一个细高个儿的青年，提支气枪，懒散地游荡。他穿件红衫子，在草地的映衬下，让我联想到前不久大兴安岭森林火灾的卫星云图。

飞来了，我的近邻，两只雀儿相继迅捷地飞出洞口，向场地那边飞去，我不由担起心来。

片刻，一只雀儿衔着食飞回，见我还赖在原处，就兜了个圈儿。远远落在篮球场角落的大树上，大约是观敌瞭阵，刺探我的动向。另一只呢，连这一圈儿也没绕，径直落在它伴侣的身边。

场地上云图在漂移，不过是往远处去。

我的邻居，有一位飞成一个弧线，落到我阳台斜下方十米远的枯枝上，跳了几跳，扬着脸仔细研究我。它是个不怎么出色的心理学者，但究竟看出我并无心伤害它们，便向空中飞去。为什么仍不进它的巢呢？原来它绕过我，落在接近洞口的楼顶"女儿墙"上，见我仍静静坐着，这才放下一颗心，轻巧地跳进家门。

它的伴侣，也不再担心，弹丸般射进洞门。

片刻，有一只飞出家门，柔柔地嘀哩一声，那是发给它伴侣的安全信号吧，另一只随即飞出，也叫一声，许是告诉它们的孩子们放心。

对面场地上，云图弓起身，猫儿似的溜到远处黄色建筑物近前，端枪瞄准，乌黑的枪管泛着光。他身后，远远有两个戴遮阳帽的孩子牵着手，好奇地看。我想那深蓝色的遮阳帽檐下，一定会睁大两双眼睛，心也会狂跳不已。是希望一枪打中，还是相反？

云图往这边移，好像那一枪打空了，我的心轻松一下。

夕阳西下，有些晃眼。这情景让我想起厦门一个公园的傍晚，榕树林里，几万或十几万只鸟雀鸣啭，白天便飞出觅食。前些天电视里播放某宾馆园林里有许多苍鹭栖息。外国的许多城市，鹰隼在阳台屋角做巢。鸟儿们虽有高高的天空任它们飞翔，说是"天高任鸟飞"，然而地上落脚的地方却越来越少，它们生活得很难喽。就拿这些"层次"最低的城里麻雀来说，冬天大雪飘落，无处觅食，至少怕饿死一大半，好季节又要这样心惊胆战的。

我的两位邻居，忽然在阳台前不远的地方，扇动翅膀，愤怒得如同要扑过来，啾啾啁啁叫个不停。这突变的情势到底是什么风刮来的？看样子那脾气不是对我发的，而是朝着我家的一个窗户。我连忙赶过去看，原来是我家那只叫"来来"的白猫伏踞在窗口，两只后脚轮换踏动，毛发竖起，两眼凶光，看样若不是在二三十米的空中，早就箭一样射过去了。来来通身雪白，只脑后偏右处拇指大一块儿和整条尾巴是油黑的，来我家的一些文艺界朋友没有不夸赞它可爱好玩儿的。自然我也很喜欢它。只是看这情景，我可是忍不住，体罚它一个巴掌。

我的邻居们又忙去了。

暮霭轻雾般浸润弥漫了城市。对面场地上的云图，已不知何时漂游到视野以外的什么地方去了。

暮色中，邻居们回来，再未见出去，我心里萦绕着一丝酸楚，也有一丝淡淡的甜蜜。我默默地在心里说：

"哦，好邻居，晚安！"

1987 年 9 月

寻觅一种声音

一种声音听常了，就会忽略它的存在，不觉得多了些什么。一旦它悄然消失，人们渐渐才感觉出来，认定是少了点儿什么，这时才会如梦初醒地自问，那种声音什么时候没了？近来我发觉，叽叽喳喳的麻雀叫声，听不见了。

家住东西向楼房。西面原是铁路运动场，很空旷的，周围有许多很老很老的榆树。东面是省文联的大院子，更是古木参天，几幢小楼掩映于林木间。春夏有许多不知名的鸟儿鸣唱，麻雀就成了本地居民，更多一些。

我住这楼与另幢楼挨在一起，中有一二指宽的缝隙，麻雀就在里面做窝，想来是上一层下一层的，成了一个麻雀单元。缝间夹的水泥块，有时骨碌碌落下，就想，可别砸到邻居的小窝儿。春夏生育期，最为忙碌活跃快活，就是落在树枝上也不安生，频频翘尾扭头鸣叫跳跃，每片羽毛都充溢着生命力。它们与别的鸟不同，几乎依附人类生存，认得了人，便知人有贪婪杀生的一面，随时提防。衔虫回来喂雏鸟，必抓住洞口看看阳台上的人，人留意它或有恶意，它看得出来，会立刻飞得远远的，落在树上或女墙上观察繁多。它感到安全了，才喘口长气般叫一声，给配偶报声平安，飞进窝去。

一窝窝孵出来，夏末秋初是一年中麻雀最多的时候，一群群，飞起来有羽翼声息。小麻雀只认吃，不知阿拉伯"进去前先想想能不能出来"那句谚语。顺排水管进来吃食，饱后要归巢，一急乱撞玻璃。有一回进来四五只，特意为它们归府开窗，哪年都有几次。

叶落了，天冷了，特别是下雪后，它们很是瑟缩，缩着脖蓬松着羽毛，长在枯枝上似的，呆呆地不动。雪大后，就极少见了。衣食住行中，麻雀几样都有了，只剩一食字就极难解决。文联院内，相距很近的工大院内，可能有些草木之实，或可充饥？积雪融化，它们出来了，自然较去秋减少许多。尽管浑身为一冬煤烟熏得极黑，却也迎着阳光梳理羽毛，彼此"交谈"，显得很是快活。

今春不然，连一只也见不到了。记起了，还是去年一个雪后傍晚，见窗前的大杨树枝上，孤零地有片叶子，后来一动，才看清是只麻雀。其后，就连窗前的影子也未见到。想必忽然今年连续十几天，气温在零下30℃以下，大雪连连，铺天盖地，它们坚持不了了。牛羊都受不住，遭了白灾，何况这样弱小的生命？想一想也是怪前几年冬暖，养得它们经不起严寒了。不然，西伯利亚麻雀，不是一只也不会有吗？电视中，见有种鸟会把籽实藏起，即使下了雪，一千多处仓储它也记得。麻雀呢，苦无隔夜粮啊。

日有所思，夜有所想。外孙女梦见麻雀邻居，穿墙到我家，与她一同吃"日本豆"。那豆又成了气球，麻雀围着欢快地飞。

一夜，辗转构思一稿，入睡不久又醒来。清晨假寐，忽闻窗外麻雀的一两声叫。急起至窗前细听，果又叫数声，心中不觉一喜。早起告诉老妻，她忙拉开铝合金窗，于窗台上轻撒一把米。两三天探头探脑去瞧，不像动过，也未再听见叫声。于是想，是不是"留农"（对麻雀来说农村是天堂）的子女回来探亲，见鸟去巢空，无奈悲鸣几声又飞出去了？

但愿不是如此，所以这几天我又有意无意地，去寻觅窗外的麻雀叫声。

太阳岛上看踏青

　　那一年忽然就病了，在太阳岛肛肠医院手术。那么样深那么样长的刀口，要自己慢慢长上，很费时日，就住在旁边的一个很是空闲的疗养院里。一个月的长痛刚要结束，才觉得春天没过似的，怎么就夏天了？

　　哈尔滨这里，暮春悄然进入初夏，似乎春天没有过够，一个早晨醒来，脚就踏在夏的绿毯上了。尝发异想，如果游人好奇，追随春的脚步，从海南岛出发，逐渐地向北，会每日里看见的，还是昨日那样，草和树也还是昨日的样子，他要走多少天呢？他走多少天，春在我们的大地上，就是辛勤工作了多少天。

　　平日悄无声息的走廊，那天傍晚热闹起来。高跟鞋朝气蓬勃的走路声，"浪花里飞出欢乐的歌"的口哨声，青年男女充满青春气息的笑声，江流般涌到我的床边。后来他们聚集在一个大房间内。除了歌与笑，还有流畅的手风琴声传来。开始我也有一点儿兴奋，时间一长觉得有一点儿吵。问清洁女工，才知道明天过端午节。他们头一天晚上过江，好争当第一拨起早踏青的。一年一度，"少年佳节倍多情"，冬漫长得挤了春天，好不容易才有这么个机会，来领略自然嘛，我心情也就渐渐开朗。想如不住院，会早就知道的，因我天天去早市，卖粽叶、粽子的，卖彩纸葫芦、纸折方印、香草荷包、五彩线的，会应时上市，早市一定色彩斑斓，节日愉悦会从人心中涌到脸上，溢漾到话音中。

据说，夏历五月五日为阳极之日，汉代把这天午时定为天中节。以五彩丝系臂，谓可辟邪恶，叫长命缕。至晋有做赤灵符挂于心前的，谓可辟兵，可见当时战祸连年，人们祈求和平日月心切。到唐代，渐成娱乐之节。荆楚之地，俗以五月五日为三闾大夫屈原投汨罗捐躯之日。伤其忠贞悲烈，以舟拯救，渐渐就赛起龙舟来。后有安乐公主兴起于此日斗百草的游戏。官家设游戏于玄武门，与民同乐。端午节饮菖蒲酒，剪艾为人（一说还有剪菖蒲的，秦观词曰"把菖蒲、旋刻个人人"）悬门户上，以求平安。以角黍（粽子）相互馈赠。到了宋时，还有野浴的：

清汗微微透碧纨，明朝端午浴芳兰，流香涨腻满晴川。

彩线轻缠红玉臂，小符斜挂绿云鬟，佳人相见一千年。

苏轼《浣溪沙》

看来端午节是经过一番融合，逐步演变取舍而来。黑龙江的端午节，是从汉民流放、迁徙此地开始的。最早记载，在《黑龙江述略》中：

齐齐哈尔西土城外，积水成洼，以小舟渡过，平冈上有观音庙一区，距诺尼江（嫩江）沿三里有余，环榆柳百数十株，帆樯出没，略似江南风景……赛会演剧，居人市贾，各就草地，卓帐布席，集知交于此，饮食嬉游，谓之"耍青"。

游戏还和市集结合，有买有卖。

第二天一睁眼，走廊里早复于寂静。急忙策杖而出，唯见白茫茫雾气弥漫。轮渡马达声、拢岸声、登岸游人相呼声，经过雾的过滤传来，朦胧而湿润，不久声渐嘈杂。城里人渴望郊游，最佳处是太阳岛。太阳一音满语为圆鳊花鱼，松花江产"三花五罗"中之一种。太阳岛意为盛产鳊花的小岛。原有季节性的小溪和湿地树林，水底松软肥沃，浮游生物丰裕，鱼呀鸟呀就多了，所以小岛美如世外桃源，又与闹市一江之隔，受人喜爱在情理中。

不知何时雾稀薄了许多。小巧别致的欧风建筑，红黄褐各色，飘忽在淡雾下。游人们归去，青年、老人居多，大家显得从容轻松，头上香艾斜插，到码头登舟。

渡船汽笛轻鸣，大家恋恋不舍地离开了，相信明年他们会再来。

云 的 家 园

　　我的家在东北松花江北，一片很大很大的平原上。季春初夏，屯子里十几幢茅屋，成了一只只小船，飘摇在大豆、高粱的海里。晚秋初冬，放眼四望，都觉着自己比天边高，好像也就在天上了。等到十七岁那年进山，到小兴安岭，顿时只觉从天上掉到山谷，视线给嚓嚓地阻断。直到后来有机会登上高山瞭望塔，才知林海远比青纱帐壮阔，胸襟为之一展。

　　莽莽森林给我的第一个见面礼，叫作惊奇。空气呀，雨露风霜呀，怎么一到林子里，都变了，变得非凡的美好，传说人可脱胎换骨羽化成仙，风霜雨露也可以吗？

　　到了森林了，首先是从气息上感觉出来的。火车在松辽平原上，奔驰一个下午，才远远看见北地平线一抹黛色起伏着，旅客们告诉我，那就是小兴安岭。车还没进山，晚霞早已由东向西，悄然收起淡红纱罗，渐渐黑下来，又没月光。乘夜行车，如乘潜艇吧？不知不觉中，空气有了变化。清凉，甜丝丝的，让人精神一爽。随着就感到头脑中脏腑里滋润清洗了似的。后来觉得头有一点点晕，浑身微感轻飘飘的。小站上车的，散发着草木气息，便知我这是进山啦。我从小对空气比较敏感，曾被"炕洞子烟"（也叫"生烟"）熏昏过。有了这样空气，如同鱼儿游进清泉。这一进山就是几十年，身在福中，习以为常了。有次公出到哈尔滨，偏遇傍晚，走在道里某条街上，难忍的蓝色烟雾，在我肩膀以上弥漫。当时想，人在烟囱里也不过如此吧，彼时彼地，倒羡慕身材矮小的了。赶快办完事情，逃也似的回了林区。

平原上，较少有雾，更无小兴安岭那一类的雾。小兴安岭的雾，顽皮、活泼又有些神秘。雾分早晚，本地有谚语说"晚雾阴，早雾晴"，此谚信誉与天气预报相当，很少谎报。太阳没出，雾先漫溢出来，它是太阳的仪仗队。有雾天，你看不出十步以外。山隐了林遁了，天没了地也没了，世界上只剩下雾。其他人好像也远离你而去，只留你在山路上踟蹰。其实明知不是这么回事，不是有小溪汩汩，有同伴亮开嗓高喊以引逗群山回音，还有火车汽笛声穿透浓雾传来吗？可是你就是摆脱不了那一丝孤独感。漂浮的雾珠比较大，说它是蒙蒙细雨也未尝不可，只不过它不是从天上降下来的。眉毛头发，还有衣服的脊背，早已潮湿。山里这雾是从哪儿来的？草尖树叶小溪石隙，肥沃的腐殖土，都是它的家。太阳一出，雾气不知不觉聚敛。溪流上空有洁白的雾带蜿蜒伸缩。一个个山头如潜水员浮出水面。细细看去，一会儿露出一株云杉，一会儿又露出一角岩石，一眨眼，它们又被晨雾缠绕回去。

太阳出场，雾就告退。其实，它们有的化成露，有的化成云。

露如同河流入海，变成露珠。阳光抚摸到处，便有小小的亿万道七色彩虹交辉变幻，雾移、露滴，森林上空很像一个巨大无比的万花筒。这时你离开山径到山下草地去，绿草上露水白茫茫的，偶尔见白汽氤氲。走一趟，绿脚印极清晰，像一幅画。你走得什么样，就画得什么样。

雾有化成云的，云有化成雨的。莽林落雨也是先有征兆，有雨云，一阵凉风刮过，山林里鸟儿都不叫了，很寂静，雨便快来了。如果这时候你恰在山谷中，就可能看见云从山谷另一端，白亮亮涌进来。心里明知那是雨，却总担心那是万丈水头。有时给人的感觉是，雨不是从天而降，而是从林木山巅喷上去，又落到这边来。闪电已亮雷声未到，山树岩石会剪影般闪现。气势汹汹的雨，来得快，收得也快，尤其伏天，有时一阵云彩一阵雨，往往还伴随彩虹。倒是秋天的雨来得悄然，去得最慢，下得人们烦了，就叫它"秋傻子"。

不论什么雨，那时林区的雨水全很纯净。平时，林场用水要到小溪或山泉去挑。一遇下雨，女人们就笑闹着，摆上各种容器，接了水，天一晴就洗衣裳，只要容器洗得净，雨水就连一小点儿黑星儿也不见。倒在大的容器里，清澈得叫人心里爽朗。怎么有绿意微微荡漾？那可能是草木留给它的温馨。洗发，秀发飘逸光洁；洗衣，衣裳不仅"透亮"，且飘散芳菲气味；喜爱养盆花的，接来浇花，本与叶不久就黑蓁蓁的，花期也不失信。这样的雨水流进小溪小河，小溪小河更是清澈透明，孩子似的纯真活泼。这样的雨落在哪儿，哪儿便有生机。

说到雪，一年中倒有半年，在小兴安岭山林中流连。那是1964年吧，农历八月十五就下了半尺深。入了冬，几次朔风，雪就十天半月下一场。积累起来，山林里的雪，一般都有两三尺厚。第二年五六月，背阴坡的雪还不化。一场大雪后上山伐木，几个人鱼贯爬山，曲曲折折蹚出一道深可没腰的雪沟。不过过些天就变得"瓷实"，在雪壳子上咯吱咯吱地走，再不会踩下去。

　　无风天，雪下起来很温和，雪花儿蝴蝶似的悠然飘落，落在脸上手上，转眼化成细碎晶莹的水珠儿。夜里睡梦中，依稀觉得有什么小生命窸窸窣窣，扑落在窗子上，早起你一看，那就是下雪了。有风天可就大不一样，从万里长空横扫下来，千山万壑都迷蒙在白毛风里。这样天气，只好在小木屋或帐篷里躲避，听松涛与暴风雪轰然澎湃，好像在远洋轮船上航行。有一次风雪夜里，我从山里搭一辆卡车，到几十里以外的火车站去。车如小艇般在浪花上跳跃。雪花在车灯光束中，划一条条的弧，玻璃丝般撞断在车窗上。雪越来越大，车是"雪拥蓝关马不前"了，让人想起农村打场，顽皮孩子爬粮堆嬉戏的场面。雪落过几天，车路或篮球场上，光滑如镜。有风吹动散雪，会形成一条也许数条大小不等的雪"蛇"，蜿蜒圆滑、自由流畅。如在灯光下，这种银蛇曼舞，流线之韵味与情调，美得令人心动。那时我想，舞蹈家、音乐家见了或许会有灵感溢漾。

　　那时林区，是好雪知时节的，降水量比较均衡，极大或极小的年份罕见。极洁净，将雪壳子割一剖面，几场雪无界线，浑然一体，洁白如玉。那时林区有穿羊皮袄的，烟熏皮毛变色了，到雪里搓，然后一抖，那羊毛就白软如初。房顶积雪经冬，色泽只是微微泛黄。

到春天日暖夜寒，房檐下结成一排"冰溜子"，闪亮透明，依然冰清玉洁。

二十年前，离开林区时，就朦胧感觉到，怎么空气、雾、露、雨、雪，与从前有些异样呢？空气时而有烟味，渐渐不见了甜甜的气息。雾露雨雪忽大忽小，忽有忽无，时而有气无力，时而狂暴凶悍，好像精神有了毛病。后七八年，惊闻林区发大水，市内平地行船。旧时所居两三处房屋，地势低的，没房顶，地势高者也淹到房檐。更令人吃惊的是，不数年又来这么一次。我想糟了，山林中哪儿出了问题，大约出自采伐过量上。我到林区时，伐树用的是"大肚子"锯，俩人一递一下跪着拉，一天放几棵。不久换"弯把子"，一人一天放十几棵。等有了油锯，长几百年的大红松，眨眼间一阵蓝烟壮烈倒在山坡上。集材呢，由牛马"套子"到拖拉机。牛马能串尚未成材的中小树空走，拖拉机一转身小树就死一片。运材由河里"流送"，到小火车汽车。到后来，好树就是好钱，一些人唯恐砍慢了，钱让别人抢去。于是许多山惨惨地光了，云雾雨雪失却家园，背井离乡。林区危困与自然灾害怎么会不接踵而至！

林区人从教训中警醒。其中马永顺老人，耄耋之年要"还账"，还他半世纪伐树三万六千多棵的欠账。马老我见过，二十多年前我写过一本书，人民文学出版社副总编韦君宜老师、编辑李景峰同志专程来林区，去请马老提意见。马老爽气豪放。去年林区来人说，这个"账"连利息都还清了。壮哉马老！从电视上可看出他英气不减当年。

马老与林区人，要修复云的家园。

云的家园残败，人的家园还会完好无损吗！

下个世纪，小兴安岭莽林再起时，空气、雨露、风雪，会变得像我初去时那样美、那样纯，因为那里不止一位马永顺啊。

2002 年 2 月

歌·号子·酒

　　我国版图东北的东北，是苍茫汗漫的山林，大、小兴安岭与张广才岭都是有名的林区。二十世纪刚刚跨入五十年代，我十七岁，便到了小兴安岭，四十七岁才离开。呼吸间至今尚余一丝半缕草木芳香，松涛时而入梦。

歌

　　时光流逝，即便是有声有色的画面，也会飘飘摇摇沉入，并睡在记忆的海底，像一片枯叶。可以让它复苏的，似乎只有歌儿——那个时代那个氛围下的歌儿——是一把钥匙。一句"长城外，古道边，芳草碧连天"，一句"我的家在东北松花江上"，一句"洪湖水呀，浪呀么浪打浪"，都会使许多曾经的鲜活的画面，重现眼前。一把钥匙只能开一把锁，我所要说的这几首歌儿，流行范围小，大致在小兴安岭林区。

我到的那片林子，叫大楞场，距最近的火车站美溪大约七十里。所谓楞场，就是整齐堆放木材的场地。木材从几十里以外的几个作业场所运来，再顺一条小河，流送到出河场。所以这儿"木把"（林业工人）多。我听到的第一首小调，是劝夫伐木的：

> 劝丈夫上山去采伐，
>
> 伐下大木建设新国家，
>
> 丈夫你去吧。
>
> 平地还好走，
>
> 就怕山洼洼，
>
> 丈夫呀！小心脚底下。
>
> 分房又分地，
>
> 吃的穿的都有余，
>
> 丈夫呀！别忘毛主席。

请想象一个场面：枣红、五花、雪白的马群，从南面松辽平原涌进林海，一群又一群。马有多少？两万多匹。以前，东北农民是双重奴隶——日本军阀的亡国奴，又受地主豪强的奴役。一朝翻身，有岗可上，成了土地的主人，义勇与热忱如火山喷发。那时解放战争白热化，我的父老乡亲的子弟亲友参军参战，融入四野一路洒着鲜血直到海南。支援林区，还有不撒欢干的？马是种地帮手，也毅然投入林区。山上的树伐倒造材后，全靠马套子往山下拉。马拉大木下山坡，鞭花脆响，雪雾迷蒙，人欢马跃。住的地方叫套子房，墙叫板夹泥，房盖鱼鳞板刷以沥青。筒子屋，对面两铺大炕，隔七八米有个灶坑，为的是炕热得匀。挨墙两趟行李卷。对着炕沿空中，人能够着的高处，拉一粗铁丝（当时叫蜗圆丝）搭个手巾什么的，夜里也晾包脚布和棉胶鞋（胶皮乌拉）。地中间一张白茬长条桌，放着碗筷。白天套子房里就伙食长和大师傅，顶多有个打杂的。林子里黑天早，太阳（称老爷儿）一压山，山脚传来人们粗喉咙大嗓的说话声，马的响鼻儿与归圈愉快的嘶鸣声，房子里的这几位，赶忙高高兴兴地迎出去，迎回来一片热闹喧哗。冻豆腐汤热气腾腾，咸盐豆（戏称没腿大虾米）油汪汪的，高粱米饭暄得颤巍巍的。于是风卷残云。饭后，不像工棚子，有喝红茶的习惯，而是用铜锅儿铜嘴儿一拃长的小烟袋，抽蛤蟆头旱烟。灶坑里木桦子正旺着，毕剥作响，映得脸如抹层红油彩。这时或许有人想起媳妇儿，便会哼起劝夫采伐的小调儿。

其实，采伐这活儿，是木把干的。木把一词，大约是伐木把式的简称。旧社会，破产农民背井离乡闯山沟找碗饭吃，才冒险来和大木头摔跤。来的人多了，也叫木帮儿。山高林密虎熊出没，有打猎的栖林（鄂伦春人）。汉人除了"安达"（满语兄弟）以烧酒食盐火药等交换皮张熊胆鹿茸牟取暴利，一般把莽林视为畏途，没人来的。上个千年之初，金太祖完颜阿骨打未即位时，曾追杀宿敌跋忒于阿斯温山（今名乌伊岭）。此外，史书对这片林子少有记载。二十世纪始，沙俄趁庚子之乱攫取筑中东铁路路权，沿路线伐木"砍大方"，深山很少涉足。"九一八"后，日本财阀对森林也插入吸血管子，有材料说，年掠夺五百万立方米运往本土。中国劳工被逼入莽林，成了木帮儿。那环境之恶劣，从歌谣便可看出：

> 四处是山，
>
> 中间是天，
>
> 一把大斧一把锯，
>
> 终年在深山。
>
> 吃的是橡子面，
>
> 穿的是麻袋片，
>
> 要想糊住口，
>
> 就得拿命换。

老劳模马永顺后来说："我在山上七八年，没看见青菜叶啥样。"大柜、二柜、把头，层层盘剥。夏天下山，黑店、赌场、窑子、大烟贩子苍蝇般围上，都有警察黑社会当"叉杆"（后台），不把你"下"得精光，能放过你？吃你喝你还叫你山狗子，说"火车一过金山屯（进山后较大的火车站），一半牲口一半人"。把头山规把老虎神化，不能叫老虎，得叫山神爷，大树砍个龛写山神之位，你得磕头，天天起早去。睡觉趴着不行，你跟山神爷采取同样姿势还了得？早晨你可千万别打碗打碟，打了，这一天不能出工，全棚子一天工钱，赔吧您哪。所以，工人也磨洋工，叫"卯子工，稀吊松"。卯子工，就是日工。

一解放，那劲头比翻身农民还要高，都觉得是这山这林的主人。过去放（伐）树，两人叉开腿齐腰高，用"快马子"锯拉，木材浪费，后来单腿跪下贴紧地皮，努力降低伐根。工具改良，锯换成弯把子，工效提高一倍。有几手的老工人，成了技术员，跟工人也没两样，就是手里多把小斧。这斧子头小而扁，锃光瓦亮。黄波椤柄椭圆，很细，长可一米四五。技术员可在林子里砍去块树皮做记号，免得迷路，也可标识出作业区域。它本身也是一个标识，持者，必是受人尊敬的木把，就如现在赤金大方戒、密码箱、大哥大是先富起来的幌子一样。于是，钻研技术的情绪热火朝天，还把苏联专家达依莫夫请来指导。当年我为大树的倾倒兴奋不已，轰隆然，蓝烟一团，气势磅礴，人心震撼，亦足可表现伐木者的心潮澎湃。医护人员上山到工棚子里去。女的，通铺挂幅褥单，可以安然入梦。我认识的一位车大夫，以敢用弯把锯锯去患者伤腿而传为佳话。因大医院山高路远，现场不抢救人就保不住。后来家属也来了，找一较为平坦的山中盆地，盖一幢幢拉合辫草房，三间两家。几声犬吠，几声鸡啼，缕缕炊烟，已足以让人心醉了，更何况还有倚门含笑迎接的媳妇呢。于是，新的小调在林子里流行：

五更里，
月牙照正西，
采伐的工友好欢喜，
今年的任务五万五千米，
大家要努力。

当然，也有豪迈一些的，抒发的却是真情实感：

把这木材运到矿山里，

黑黑的煤炭挖出来；

把这木材运到铁道线，

新的铁路铺起来；

把这木材运到城市里，

高楼大厦盖起来。

这歌儿，成了伐木者的千金诺言。林区人实在，都兑现了。没唱到的还有呢。人民大会堂，也用了我们运去的木材呢。

1951年新年刚过，一支年轻的森林调查队，经五个月踏察，到了小兴安岭山顶。欢呼雀跃，朝天开枪，篝火晚会高唱《毛泽东之歌》。第二天晴空万里，放眼眺望，绿的树是海，白的山是浪，哪有边哪有岸！光大小河流他们就走过一百二十多条，汤旺河干流就二百五十公里。几百年大红松密密匝匝，一片连着一片。他们想，就是年年采，子孙万代也采不完。我第二年到林区，找饭，也找诗，听说这壮举，心目中森调队员是英雄，有幸结识几位。然而英雄也有想不到的事儿，谁知仅仅几十年，森林资源竟然捉襟见肘，到处一片危困之声呢？

号　子

歌叫唱，号子叫喊。可我感到林子里的号子也是唱的，比歌唱得还要普遍，还要火。干活的工人不必说，连大小干部，也要红头涨脸喊几句，并且以此得意。哪个工组号子打得漂亮，刚来林子的大姑娘小媳妇就被吸引，大方的驻足，腼腆的装作拾树皮，听得入神。哪个小伙子号子"打得浪"，也就是音质高亢，花点儿多，优美嘹亮，连对象也好找。他们就是那时那地的明星，虽无追星族缠绕，那心仪的，也不在少数。

我参加工作，奉派到一个叫白林的地方组建学校并教学。学校在出河场、楞场的包围之中，号子简直成了我们师生的音乐课了。课余见工人垫肩板带灯笼裤，宽肩壮臂古铜般肌肉，脚步扎实有弹性，配上昂扬的号子，音乐、舞蹈、力与美，浑然一体。矫健向上的感觉，油然而生。有一次，有一帮子杂工（后勤）练习抬木，我请求试试。一上肩就脚步轻飘，身体前摇后晃，人家说得了小老师，你饶了我们吧。

不久，认识号子打得好又识音律的赵希孟，他刚从工人提干，拉二胡时，分发往上一甩一甩的，说话快，性子直，红脖子汉。十几年后我们都调到市内文化系统，又在一起学习，常谈号子，那时他正搜集整理。由于他上北京演唱过号子，这工作深得大音乐家马可等同志的重视，马可勉励他。他曾给我看过马可来信，用影印着音乐家名字的专用信纸。直到十七八年后，忽接到他的《谈东北林区劳动号子音乐》一书，人民音乐出版社出版。细细看过，才知号子竟有这么大学问。

鲁迅先生在《门外文谈》里说，号子产生先于语言。大家抬木头，须一致步伐动作，便有人喊"杭育杭育"，连语言文字也由此孕育。小兴安岭号子，由长白山、鸭绿江一带传入。音律声韵，初始借鉴于河北山东的一些小调民歌，也有借鉴朝鲜民族民歌的，因那时木把不仅有山东河北人，也有朝鲜族同胞。其后呢，便由劳动节奏需要，渐渐发展丰富，达几十种之多。至于那词，大体分两种。一种咳、噢、嘿、呀，语气词，可以可着劲表达情绪，没有具体内容，比如"大掐子号"就是。十六人，分前后两组，合抬一根大木，那词就是："嗷嗨嗨呀、噢吼吼吼啊、吼吼嗨嗨嗨呀。"前八人唱，后八人和，有气势，调子高昂。一种是有词的，其词多为指挥劳动、协调动作的内容，也有鼓劲地用诙谐之词调节情绪的。

希孟书中所列号子，庶几可囊括小兴安岭流行的几十种。以浅见可粗分为三类，曰"蘑菇头"，曰"赶羊"，曰"拽大绳"。这是按生产流程劳动方法划分的，当然也不绝对。

"蘑菇头"是抬木。常抬木头的，两肩之间的脖后磨出一大包块，硬如牛筋，形似蘑菇，因而名之。还有一种解释，日本语木头就发这个音。故日伪时日军731部队，在哈尔滨平房搞人体细菌实验，把抓来的中、朝、俄无辜百姓就叫"木头"，叫"马鲁大"，发的也是这个音。树在山上伐倒截断，马套子运到山下，是在隆冬时节。事先冻好冰道，木头装爬犁一长串，用拖拉机牵引至河畔。春暖河开桃花水一来，便推木下河流送，一片原木顺水漂流，如同羊群在草原上游荡，所以这个活儿叫"赶羊"。下游有火车处出河，分类归堆（叫归楞），得抬，装火车发走，也得抬，上高高的跳板（叫上大跳），有时也用"拽大绳"。

抬"蘑菇头"一般前后两组各四人，共八人。抬头扛的，木左称大肩，木右为小肩。一起扛，大肩先出左腿，小肩先出右腿。号

119

子一领众和：

哈腰挂吆嗨，蹲腿（个）哈腰，

快点儿地挂上吧，挺起（个）腰来。

前边的拉着，后边的催着，

前拉后催，走走走走走！

这是领者唱的词。和者只唱嘿吆哈吔，关键处重复一句领者之词。也有振奋精神的词，如"小吊个木头，不算个什么"等等。

那时，百姓衣着颜色单调。可抬木工人却独占风流，尤其装车的，更是衣服鲜明。赤、橙、黄、绿、青、蓝、紫，比着穿。夏日衬衫，其余季节则着单、夹球衣（那时称卫生衣）。抬木到大楞顶或火车上，风摆彩旗似的于蓝天绿岭之间，也是那时代的一种潇洒。休息时把卖冰棍的大娘喊来，一般的三分，加牛奶的五分一支，吃"呼"，也就是大娘呼到谁谁请客，一阵说笑，又去喊号子抬木头。

河里流送木材，水瘦了，木材搁浅称"羊啃草"；水大了，木材漂出河道，叫"逛花园"。控制办法是隔一定距离建道水闸。活儿得冬天干，苦着呢。有位叫姜长安的老大爷，我认识，银发银须满脸慈祥的笑，修闸出名，说"只要能干动，就修"。水路好了，就看流送工人本事了。惊险奇绝的场面是拆垛。河道某浅处偏巧有块卧牛石，偏巧一棵木头被挡住，后来者也就偏巧在此歇歇。于是挤挤压压，几小时工夫河里就挤满木材，水憋得嗷嗷叫。这就叫"插垛"。流送工人踩着河里木头，走悬索似的，找到最先别住的那一棵，千

120

方百计拉它出来，一天乌云才散。一河木头似出栏奔马，拥挤狂奔。最后那个拆垛的人得踏着这滑如鱼、舞如蛇的木头跑上岸，不独得有功夫，还得有血性。有时得站到木头上往下顺一程，才得上岸。这叫"骑木马"。

拆垛有支号子叫《拉羊拽》：

　　　　嗷我说哥们儿呀，

　　　　大家都要个铆劲呀。

　　　　嗷搭上个拽呀，

　　　　这就这就拽起来啦！

这是领唱词，唱上乐句，和的接唱下乐句，嗷吼啊啦呀，视情景加减一两字。干滩上的活儿，较为悠缓，用《羊工号》。有时可调侃一下：

　　　　大家都来看哪，

　　　　来了个大干部啊，

　　　　头戴蓝制帽哇，

　　　　身穿吊兜服哇，

　　　　你看他多神气啊，

　　　　走道腆胸脯啊。

装车、上楞，垫两道"驴字"（楞），大木两端套以很长的棕绳，一伙人分两组站楞顶或火车上，喊着号拉，大木轻快就滚上来。

节奏快的如《一把绳》的词是：

> 嗷哪齐拽——上溜来了吧，
>
> 拽上来呀——上来吧，
>
> 拽达上达来——上来吧，
>
> 还得来来——一号上来吧。

和的就喊哼哈嘞。

其他有《拉鼻号》，土语火车鸣笛之谓。高亢激越，全为语气词。《了号》接唱的是本乐句最后一了字，而非下一乐句，新颖、抒情、优美。

号子，喊出了那时代林业建设者的心声。随着机械化，号子也就渐渐用不着了。

前数年，伊春开文代会，我代表省作协去祝贺。希孟与我拥抱。多年未聚首是一原因，还有就是我们俩都得了癌，又都逃出来。然而未过两年，听说他竟故去了。

川江号子，电视台春节晚会唱过的。林区号子却听不见了。

酒

> 三伏天下雨哟，雷对雷；
>
> 朱仙镇交战哟，锤对锤；

今儿晚上哟，咱们杯对杯！

这是诗人郭小川《祝酒歌》中的诗句，六十年代这首诗在小兴安岭林区流行，林业工人中，不大识字的，也能念上几句来。那原因是，郭小川到过这里体验生活，豪情得到激发，很快就写了出来。林区人觉着这是写给自己的，还有就是林区人多豪放，与这诗意气相投，更多的因素是，这里的人们爱酒，深得酒中三昧。

小兴安岭林区的人们的确爱酒。有一年，据说按人口平均，这里白酒销量全国第一。那时人们说得扬眉瞬目，颇为自得。兵马未动粮草先行，开辟新点儿，远离村镇，进入深山老林几十上百里，那牛马车上的辎重，必是少不了烧酒，多是用酒篓装运。酒篓用柳编，内糊以油纸，轻便又有弹性。车暂不通，就"倒背"。四根木棍绳索绑了做的背夹，可背一袋白面或一篓酒。戴防蚊帽穿水袜（一种软胶鞋），挂根硬木棍儿，累时往背夹下一支，便可休息。背着酒可以轻轻松松翻山过河跳"塔头"。至于个人行囊中，理所当然少不了这个角色。而且妥为保存，往往是揣在怀里的。

要说那时候，酒本不多，好酒更不多。有略懂些的说起茅台西凤什么的，人们就如同听天上蟠桃宴似的那样发愣，感到虚无缥缈。一说酒，就知是说烧酒散装，连瓶装也是稀罕物儿。那些啤酒葡萄酒不算酒，那能算什么酒？清淡如水，丁点儿酒味也没有嘛。散装酒里，以高粱烧、玉米烧为上品。前者烈而刚，后者软而绵，山泉一般有点儿甜。度数六十度的居多，也有五十五度的，"喝茬子"谓"淡了吧唧"的，不受青睐。在小烧锅接溜上的，可达到七十度，人谓甚佳，奉为上品，有幸尝过一回，下次在酒桌上就算有嗑儿了。只是到了后来，高粱烧、玉米烧可喝不上了。于是"一元糠麸"成了唯一的酒。何谓一元糠麸？糠麸所酿，一元一斤啊。

酒器与酒相配。小铺很少有不卖酒的。平日销量大的店家，盛酒用一大缸，深黄颜色亮釉子，干抹布擦得能照出窗外的绿树白云和屋内的人影儿。口大底小，大盖子包以白花旗布，里面填着新棉花。小铺周围随风飘散着或浓或淡的酒香。打酒用"提拎"，有半斤一斤大大小小一排挂在那儿。买酒用"玻璃棒子"，就是瓶子，大的可装三斤六两，就是现在装大香槟的那种。喝的时候分场合，在工棚子里，一般用搪瓷缸子粗瓷大碗；在家则用"砂胖子"酒壶烫酒，粗瓷盅浅斟慢饮。没有尊、觚、彝、瓿，也没有葡萄美酒夜光杯，但器与酒和谐。在这样的山林之中场合之下喝这样的酒，只有这样的酒器才自然。

这是北陲极寒之处，与以严寒著称于世的西伯利亚本是一片，只隔一条黑龙江。记得有一年，中秋节便飘起鹅毛大雪，慢悠悠地下了足足半尺厚。在这儿才能理解寒风呼啸一词的凛冽内涵。风长白毛地裂黑缝，树也冻得咯咯作响。人在拖裆深大雪中上山伐木，下工喝口热热的酒，是需要，也是享受。春风一刮，桃花水到了，扎骨的冰雪水中流送木材，"赶羊"，就更离不开酒。这样一来，林区人爱一口杯中物，十分自然。

林区的酒，喝的是个氛围。暴风雪中回来，绵绵细雨休"雨休"，工舍里差不多都有一二酒局。柴米油盐，生产形势，对象结婚，天南地北，唠一个热火，唠一个舒心。后来一个个安了家，偶尔约朋友来家，喝个一两二两，或半斤八两的，也是交往与情分。

小酒家倒也不少，大多简陋。朋友们只要说"凑凑""捏两盅"，或简单说声"走啊"，便知这是下小酒馆。五十年代初，我在一出河场教书。有一次，几位同伴冒着霏霏细雨，沿铁路走八里路，到小西林的一个小酒馆去，其实那时我并不会喝酒，兴之所至吧。不过那个小村子很特别，全是俄罗斯侨民，风情人物，恰好做俄罗斯小说的印证。

> 山中的老虎呀，美在背；
>
> 树上的百灵呀，美在嘴；
>
> 咱们林区的工人呀，美在内。
>
> 斟满酒，高举杯！一杯酒，开心扉；
>
> 豪情，美酒，自古长相随。

那时林区的酒鬼少，而酒仙多多。何谓酒鬼？不知节制，酒后无德，借酒浇愁，自认颓废，不鬼而何？至于酒仙，便是充溢了引诗中境界的，方可称得上。

倏忽间离开林区二十几年。前不久故地重游，酒与酒店已不可同日而语。而当年那种酒仙浩然之气亦然，令人感到心中一震，自谓林区大有希望。

大森林的色调

刚刚踏进小兴安岭森林，满眼里尽是大森林的绿色。我甚至感到，白云从绿色山头飞过也染上淡淡的绿意。山上的巨石，也因长了青苔而变成绿的了。

但是，时间长了，我发现不完全是这么回事。不用说冬天的皑皑如银一片雪海，秋天的红、黄、绿、紫、青五花山，春天的百花吐艳，就连夏天的绿色里，也含蕴着火红、金黄、淡紫等等变化莫测的色泽。

有一年，我陪同外地几位摄影家，在一个仲夏凌晨，爬上几百磴木阶梯的五营自然保护区的一座山，又气喘吁吁地爬上立在山头的瞭望台，等着拍摄林海日出。

脚下是暗绿色的树木，谁也没有去注意它。六七双眼睛，都望着东方森林构成的地平线。

乍一望去，是青黝黝的茫茫一条线。渐次变成乳白、淡黄、金黄、粉红、浅红。等到朝霞涌现之前的深红颜色一出，使人感到地平线下猛烈地烧起大火。霞光如一支燃烧的火箭，拖着光灿灿的尾巴，笔直地向上射去，直奔天心。接着无数支"火箭"，辐射飞散。

我正在惊喜不已，忽听有人呼喊："哎哟，森林好像失火了？"

我连忙把目光移近一些，投向地平线这边儿的森林。果然，森林泛起火焰一般的光彩。它不仅忽强忽弱地变换火色，而且这火色还在森林梢头奔流、跳跃、翻卷。一瞬间，整个森林都成为红色的了。随着太阳升起，红色渐渐消退。随后，森林泛起淡淡的金色，持续了好几分钟。接着金色渐厚，森林倏然变得金光万道，辉煌灿烂。我把看日出的兴趣，完全转移到观看森林色彩的迅速变化上来。随着太阳光线的强弱和角度的变化，大森林展现出来的千万幅令人神往的画面，简直使我的心灵颤抖。

那天很巧，恰好是响晴的天。当太阳腾空的时候，我顺着光线望去，森林在绿的基调上，泛起了紫微微的光泽。远处呢，是淡蓝的，看去与蓝天一色，无比辽阔。到了中午，起了风，使红松、白松的叶子露出背面来。这无边无沿的森林之海，就一阵是银灰色，一阵是墨绿色。随着风势，那银灰色的光线竟然形成一道长长的波浪，在浩渺的墨绿之中，向前推移。它越过山脊，慢慢落进谷壑。这时，我的心好像也随着它慢慢往下沉。唉，多可惜，它到那儿竟然消逝了！我正在着急，猛抬头一看，它在另一个山头上又涌了起来，而且，一直滚向天际。

晴天如此，有雾的早晨会是怎么样呢？那一定会是另有一番情趣的吧？我在林区的这些年里，数次在晨雾中观看了森林里的情景。

雾浓厚的时候，弄得人眉毛胡子上都沾了细小的水珠，肩背也感到潮潮的。这是个"天地一笼统"的所在，眼光射不出十步远。听见溪水声看不见小溪，听见鸟雀鸣啭，却看不见树木、森林。

雾气聚敛了，小溪上空形成一条弯弯曲曲的长带子，飘荡伸缩。山头上呢，一会儿从雾中露出一棵白桦，一堆岩石，一个山峰；一会儿又被雾纱围起。山岭有时被雾气吞没，有时又在雾中隐约出现一片黛色，真是扑朔迷离，让人感到很是神秘。

已经升起很高的太阳，终于用它金灿灿的光针穿透了迷雾。雾中极细小的水珠，树木、草地与山石上的露珠儿，每一滴都反射一道极小的七色虹彩。雾在移，露在滴，使追逐它们的小小彩虹交错变幻。这时的山岭与森林，真是五光十色，成了一个不断转动的彩色万花筒，使我不得不眯起眼睛，为大自然的奇妙惊叹、叫绝。

等到雾化成了洁白的云，在蓝天中，在阳光下悠悠流动的时候，它所投下的影，就成了一支神奇的画笔。画笔在大森林绿色基调上认真挥抹，画过的地方一时成为石青色，画过之后，也感到较别处色调更深一些；没有画到的，则显得阳光强烈，形成鲜明的对照。画笔下是一道深谷，画笔过去，深谷立刻升为山峰……

然而，色调跳动较大的，要算伏天雷雨的时候。

一声巨雷，远处两山之间的云，便逐渐向你移动。但那不是云的移动，而是下雨。你分明知道那是雨，但你感到的，却是万丈水头，以排山倒海的气势向你涌来。这时候，眼前水亮亮白茫茫，山与森林都隐去了。大雨中一个闪电撕裂云层与雨幕，山和森林会故意吓人一般闪现在你眼前。那简直像是火山岩雕成的，又像是黑乎乎一个剪影。

伏天的雨，来得急，消失得也快。雨霁天晴，再去看森林，便会想起毛主席"雨后复斜阳，关山阵阵苍"的名句。那森林被雨水洗过，在阳光之下，显得苍翠欲滴。

森林夏季的色调，居高临下或是站在外边观看，是这样使人眼花缭乱。如果走到密林深处，又该是怎样呢？

我第一次踏进原始红松森林，哎呀呀，真有"山重水复疑无路，柳暗花明又一村"的感觉。我走进去，像走进一个无比安静、无比广大的大厦。它和外部世界是隔绝的。连树上的鸟语也觉得是从天外传来。广厦之穹是老绿色，那当然是松树的针叶，可是，阳光下使人感到那是绿玻璃。大约什么地方有泉子吧，有细细的水流之声传来。脚下并没有杂木，甚至连草也不长，一脚踩下去软绵绵的。往前走啊，走啊……嗬，怎么一下子就开朗起来？原来枝叶的空隙稍大，阳光瀑布般倾泻而下，所及之处，叶为翡翠，枝如纯金，全都亮晶晶光闪闪，宛如一个神话世界。

然而，松林月色，富有神奇色彩。

皎月东升。东天澄亮的月光，构成一个背景，像一幅影幕。在这背景下，曲折的山峦与随着山形而起伏的森林，成了个十分逼真的剪影。不独大轮廓很为鲜明，细细看去，连枝叶都清晰可辨，遇有微风，树木枝条的摇曳也可看见。而这时看树的轮廓，比任何时候都清楚。

月亮高了，背景色泽淡了，黑色的轮廓悄然消退。但它在一定的时间里呈现出一条闪烁浮动的金边，就像月光溶进一层枝叶一般。这金边，反而增强了剪影的艺术效果。

只有月到中天，山岭森林的墨绿色才被投上一层淡淡的清辉。森林似白非白，似绿非绿，调子十分柔和，恬静淡远，安谧清幽。此时的森林与月色，可以一时让人忘记来自何方，去往何处，似乎连躯体四肢也溶进这宁静之中。

森林夏季盛绿之时，其色调真是瞬息万变，我这里仅仅发其数端而已。如把它的千变万化都收录起来，那实在会令人叹为观止。

这样想的时候，就盼着色彩感比普通人丰富得多的画家们来。他们一定会发现，小兴安岭的大森林，不只是绿金——木材——的宝库，而且还是个艺术宝库。如果仅仅把大森林某一瞬间的色调撷取描绘下来，它也会成为令人珍爱的瑰宝。

哦，多么迷人啊，小兴安岭森林的色调。

1980 年

130

山　女

外祖父把她举到肩上。

她好惊喜，拍着小手说："房子咋那么小，像个积木似的？"

"远处的东西，都显着小啊！"

"我要看得更远，我要看看天边，我要看，我要！"

白胡子笑了，没牙的嘴笑了，脸上的皱纹和浑浊的眼睛都笑了："能，能，怎么不能？我山女要看多远就能看多远。"

老人把山女举起来，举得那么高。

"怎么都是水，天边是水做的吗？"

外祖父哈哈笑了。可刹那间，外祖父胡子上的、嘴上的，脸上还有眼睛里的笑，像秋天的山杨叶子，被一阵风吹跑了。

"姥爷告诉我，天边是水做的吗？"

"那是发大水，涝喽！庄稼淹了……"

"为什么发大水？"外祖父把她放下，牵着她的手往院里走，她还缠着问。

老人说："姥爷说不上来，等明儿回去问问你爸爸。"

是呀，爸爸一定能回答上来。爸爸好像什么都知道。落在家里篱笆上的那只漂亮的鸟儿，爸爸知道叫啄木鸟。跑到家里桦子垛上的大尾巴小猫，爸爸说叫松鼠。林子里传来咕咕咕悠长的叫声，爸爸说那叫棒槌鸟，是挖参人变成的，它喊的是走失的伙伴"王干哥"。还说你仔细听，一会儿或许有回答，回答一定是"李玉"。冬天晚上一家人坐在暖融融的屋里，听到外边风声一停，爸爸就去找绑腿。说下大雪了，明儿上山采伐用得着。

爸爸什么都知道。

山女从外祖父家回到山里，一下小火车就扑进爸爸怀里。她又从爸爸身上闻到林子里的清馨气息，心里顿时觉得踏实。

后来，她就问："姥爷他们那儿为啥发大水呢？"

爸爸一怔，说："雨下大了就发大水呀！"

她刨根问底："咱们这儿也下大雨，为什么没发大水？"

爸爸说："长大了你就知道了。"

原来爸爸也有不知道的事儿。

山女长了，长大了，一转眼成了十八九岁的大姑娘了。

初冬，夜晚，一家人在屋里看电视片《话说长江》。爸爸却不看，擦喜爱的油锯，默默地。他要退休了，明儿个是他最后一次上山伐木。

山女说："爸，用不着使劲擦了。"

爸不瞧她，只顾低着头仔细揩拭。电视的光在油锯锃亮的外壳上晃动，五颜六色的。

爸问："为啥?"

"不就明儿个再用一天吗?"

"一天也要擦,我不用别人还不用?"

"别人用处也不多了。"

爸问："为啥?"

"不是没什么大树可采了?"

沉默。

只是陈铎在音乐声中充满情感地在解说。

"听说弄不好长江也要变成黄河。"像自言自语,也像对爸爸说。

爸疑惑地看她一眼。

山女关了电视,静听外面。风停了,隔着玻璃有几片雪花,飘飘摇摇向屋里张望。山女不说什么,为爸找出绑腿,又擦保温饭盒。

"爸。"

"啥事?"

"您这大半辈子采了多少树?"

"怎么记得住?"

"采了多少个山?"

"多喽……"

山女静静地望着窗外,眼光那么悠远。

"您采过的地方,怕是我大半辈子也找不完。"

爸收好油锯,回屋睡去了。

山女听到爸很晚了还翻来覆去不能入眠,山女后悔不该说这么多。

山女顶班。林场广播站欢迎她，幼儿园也让她去。

她说："我要上山，去营林。"

女伴说："傻丫头，苦。"

她说："我知道。"

八姐妹营林组中她最小。黑、粗、壮的组长姐姐说："把长头发剪了！"

她做个鬼脸。组长姐姐握住她的长发一抻："不剪？有你费事的！"

在过伐林中清林、打带、刨穴，山女敏捷、轻盈，不知疲劳，像一只入冬前忙着藏食物的松鼠。一头秀发天天被汗浸得湿漉漉的，一天不洗就黏在一起。

她就洗。洗却一天疲劳，洗来满心诗意。她喜欢洗过十透的秀发那飘洒的姿态，喜欢秀发在脸颊和项上拂来拂去。

组长姐姐又说："费死事了！"说着，拿一把明晃晃的剪刀奔来。

她咯咯地笑着躲开，说："山上剃光头还不够，又到我这儿来剃？"

一位有文化的小青年说："这叫蓄发明志嘛。"

除了出汗、挨蚊子咬，山上的苦事儿多着呢。

发了雨衣，姐妹们都不怎么穿，嫌碍事、麻烦。不论晴天雨天，反正都是一个湿。上班早，林子里雾重、露水大，走到劳动现场早已湿透了。有时候一阵急雨过去，来不及躲就又停了，所以干脆就不躲。

大雨当然要躲。雨云从对面山谷中水亮亮地过来，伐林中云气弥漫。大雨噼噼啪啪、唰唰啦啦席卷而来。有谁带一件雨衣，几姐妹就叽叽嘎嘎抱成团挤在这雨衣下，这个说胸脯子收收，那么大，拱得我怪痒痒的。那个说，你怎么浑身像充了气的轮胎，真有弹性。

雨一停就干活，反正湿透了，干干活比干打牙帮骨强。

雨不难对付，大伙怕的是打雷。电光一闪，天空突然裂开一道不规则错位锯齿似的亮口子，如同云上面有沸腾的钢水，立刻要漏下来。一刹那树木张牙舞爪，人变得青面獠牙。随后天崩地裂一声巨响，震动得五脏发颤，这让人想到蛮荒时代。组长大姐给大家壮胆儿，说不怕不怕。过后大伙儿取笑说，她说不怕时声儿都差了。

整地偶尔无意捅破野蜂窝，大伙便一哄而散，如同狼抓似的叫着逃散。有一回惹着的是野蜜蜂，山女不跑。过后大伙儿问她为啥干挺着，她说锻炼锻炼，养蜂人不是不怕蜂子吗？

山女风吹雨打锤炼出来喽！不过也偶尔生个病什么的。那一天发烧，却说死说活要上山，姐妹们拦不住，只好随她。后来，同知心姐妹说悄悄话时才知道，她爸曾采伐过这片林子。

山女长了，山女壮了，山女当了组长了。

通勤车往山里送，她们怕误事。姐几个就住进现场的塑料帐篷。夜里听到野兽叫，震得山林簌簌地响。姐妹们知道是黑瞎子。

这回轮到山女给大家壮胆了，她满身豪气，说别怕，它黑瞎子是闯山沟的，咱姐妹也不是干别的。来，把门闩上。

就用八号线闩门，七手八脚。第二天，大家才想起来，门是两层塑料膜的，闩上又有什么用？

山女流过汗水、洒过笑声的山头，越来越多了。嫩绿的树木和幼林，思念着山女和她的姐妹们的抚爱，不忘她们的深情。

山女上山干活，爱领着姐妹们绕道去看看她们栽过的、抚育过的林子。远远看见林子，山女的心就渐渐跳得快了。待看到林子长得好，她的脸就兴奋得更加红润。姊妹们说山女此时娇羞得更加可爱。

山女的小女儿，一晃也像山女第一回随母亲去外祖父家时那样大了。外祖父求人写信来说自己太老太老了，很想见见山女和她的女儿。说要来就今年来，明年说不上能不能见得到呢！

山女很快领着女儿坐汽车、换火车，奔向外祖父家所住的山外大平原。

看着窗外的景色，才想起又是初秋。不久车窗外下起雨来。想起二十年前自己向外祖父提出的问题，不禁悄然笑了。女儿还会提出同样的问题吗？

女儿睡了，脸红扑扑的，微笑着，心里一定是甜甜的，她想。

1991 年 4 月 9 日

山　韵

后悔这滋味儿不好受。

有那么一天夜里，我忽然后悔年轻时候曾经赞赏过伐木声与树倒声。虽然那赞美是由衷的、纯真的。我说，锯屑雪似的洒，泛着松香，我还说，树倒的声音，远远听来像海潮那般让人振奋……

后悔是因为有一回，我听到了大森林音韵的嬗变。

像离巢的鸟儿，从松辽平原向北飞，向北，一直向北。未经盘旋，就栖息在小兴安岭的深山丛林里。放眼望去全是绿，我落在树海里，像看到大海那样激动。那年，我十七岁。

山路是一条绳儿，蜿蜒藏在林中。它把山呀谷呀捆得那么结实，结实得勒进大山肉里去。只是到了河边，绳儿才变成钢索，绷在河两岸两三米高处。滑轮拴条钢索，细索牛缰般拴着木船，所以野渡有人舟也横。艄公的篙一点，滑轮与小河不紧不慢闲谈，人飘飘摇摇过河。

同路多是久闯山沟的，见我一路眼不够用，说小伙儿你想认得山吗？进山就是要认识山嘛。那你别光看，得听。我就听，却体味不出有什么独特的，他们还说，你得听。它会说，也会唱。

说是深山老林，却也早有人烟。下火车走七十里路到了我要去的"大楞场"。夜深人静，山林与我这平原的大孩子说话儿了。

隐隐约约，有一种声音远远传来，很浑厚。十几里或几十里以外什么地方风雨大作？森林给过滤了，仍使耳鼓受重压。无边无际的古代大军的方阵？几十万双军靴齐刷刷踏响土地，心震得发昏。也许是天边的沉雷吧？我们平原乡下叫磨盘雷，笨重地转，许久才转过半边天。还像有千万只巨大的厚铁桶，一齐从高山上滚下来，很有点儿排山倒海的气势。

与投石湖中的情形相反，这声音从外缘向我收缩包围圈。心有点儿瑟缩，更多的却是惊喜。

感觉到逼近了，逼近了，从天上地下四周，逼近我所暂住的小木屋。我一闭眼，躺在床上等着它合拢。

只感到这声响与心融合了。心像一滴水，滴进清澈的湖中，挺舒畅。睁眼再听，周围静静的，只有秋虫在草地上不紧不慢地吟唱。远处什么地方传来咕噜噜的叫声，如一只空瓶被按在水里。树影在窗上微微摇曳。我轻手轻脚到窗前去看。月从东山背后刚探出半个头来。山脊的树木与山岭连绵起伏的轮廓挺清晰，成了一幅长卷剪影。正是秋凉的时候，前面木屋大约已生了火墙，木柴的淡淡白烟，从空筒树做成的烟囱，袅袅升入蓝色夜空。大叶杨的叶片，闪闪烁烁反射着月光。

风景画般恬静。莫非不曾有过那深沉的声音？

不一会儿，那声音又从头开始。

后来人说那是松涛。我渐渐知道，那也不仅仅是红松的涛声。小兴安岭除了红松，还有白松，除了松，还有榆树椴桦柳柞水曲几十个树种。它们都是有自己声息的。再后来我知道那是小兴安岭的呼吸。山没有海那么平阔，却有海那样的胸膛。

它纳入汇集与消融的音韵极多。小虫唧唧，小鸟啁啾；小草瑟瑟，松塔扑地落入初雪；漫漫原始森林同风暴的搏斗，千百溪流在岩间奔泻；以至于山石的冷缩热胀，地心与山表神秘的交流，土地与落叶的亲昵，都被纳入这山的韵律之中了。天有天籁，地有地籁，山有山籁。这韵律便是山籁。

它是有变化的。春来，大小千百溪流解冻，冰排炸裂、碰撞，桃花水清脆地奔流，万物复苏欢悦的声息如同醋睡后舒一口长气；夏天，野生动物活跃嬉戏与鸟儿的歌咏大赛，暴雨的扫荡，熏风的浮动，植物飘忽的细语；秋天，白桦赤杨黄波椤嚓嚓啦啦落叶，榛子松塔山梨噗噗坠地；冬天，大雪弥漫，朔风怒号，树干嘎嘎作响，都使山韵有变化。在雄浑的基调上，春多些爱的萌动，夏多些生的盎然，秋则悲壮，冬则刚烈。

人进入森林，使山籁增添新的音色。火车鸣笛，常常回荡传播几十个山头，深夜尤著；拖拉机汽车轰鸣使主韵有点儿杂音；开山炮声使之乱了几次鼓点儿；喊山树倒犬吠鸡鸣，孩子哭喊姑娘欢笑，采山的呼应，冰雪运动的啦啦队，则蒙蔽了山籁的几许亮色。

不过，那时候这山籁是和谐的。

我感到，自己与那山籁更和谐，如一滴水落入明净的湖里。

大约二十六年前，离开森林较长一段时间，到北京参加中国作协与《人民文学》杂志组织的读书班。终于听到向往已久的张天翼、李季、刘白羽等诸大家讲学，欣喜自不待言。住作协东总布胡同客房，静谧、清雅的四合院，却总觉不安。总像丢了点儿什么，懒懒的，像缺水的花草耷拉着叶子，蔫蔫的。待回到林区，重闻山韵，立刻精神起来，心里顿觉踏实。这时我才明白，山韵对我来说，仅次于阳光、空气和水了。

举家迁入哈尔滨十余年矣。住原某国领事馆院旁高楼上，丁香清馨四溢，绿树婆娑令人惬意，红果黄叶，白雪中欧式小楼，意境童话似的，然而却老大不习惯。只说远远传来的市声吧，无休无止，逃不掉躲不了，耳闻心烦，一颗心躁动不安。淡水鱼进入海里了，有异乡作客暂栖一时之感。大病小病接连来了那么几场，也就不得不习惯下来。

有机会就想往山里跑。

三年前，兴致勃勃地去原在的林区采访。一路上凭车窗看山，忽然感到山上的小路都那么明显了，这说明林子少了，我的心一沉。主人公为某林业局党委书记毛君，谈起来知他长我一岁，先我一年进山，十七岁就当伐木手砍树。当时他以为"树海海的"，砍也砍不完。几十年，在斧锯树倒声中过去，现在当了领导，一看地图，黄肥绿瘦，可砍处已寥寥无几，便顿悟，热泪潸然而下。看看一双粗糙大手，手也有愧似的微微颤抖，他心里说，原寻思你立了功，哪知你也造了孽。于是他豁出命去抓造林，抓养人参、木耳、蘑菇，抓木材深加工，以解决人饥山渴的燃眉之急。

我早已知道这情形，正因早已知道多少年，就为此而痛心而呐喊，此刻倒有些不那么震惊了。

寻寻觅觅，我还是想听听山韵。

夜宿在一个小山村，特意早些送走热情周到的林场的朋友们，闭灯休息，合目聆听。

火车声从几里外无遮无挡闯来，好像身在候车室；四轮拖拉机轧轧轧，轧过去；有谁借月光劈柴，冻柴咣咣脆响，唿嗵唿嗵地律动。已是深冬，尚无大雪，大头鞋走路只有咕咚咕咚之声，却无嘎吱嘎吱的情调。高音喇叭唱着热闹的京戏，一片锣鼓胡琴声。朔风干涩，大约很少遇到林木这老朋友，便暴躁起来，蹂躏得电线刺耳悲鸣。

山韵的主旋律听不到了，怎么也听不到了。山村的市音渐渐减弱，我也蒙蒙眬眬地睡去。

夜半时忽然醒来，月光惨白。这回听到了山的韵律，却变了，变得陌生，变得面目全非。

千军万马之声散乱无力，磨盘雷微弱断续，而高山上滚下来的那些空桶变小了，好像是些华丽的易拉罐。

它已无力进逼小屋以达于我的心房。它好像巨人不均匀地喘息，粗糙带有锣音，频率也不规则。好像一个大乐队顿遭袭击，乐师有的坚持，有的在逃窜中吹奏，有的扔掉乐器，抱起脑袋逃跑，而乐器落地时发出惊恐的共鸣。

没有了和谐，没有了节奏，没有了亮色。

不知何时，两行泪流到枕上，我与毛君的心相通了。

辞别毛君之后，没有什么联系，但一听到风刮树，便会想起他那双手。年初，听说他得了胃癌，挺重。一连几天，我总是怅怅的。

就是那一夜，我颇后悔，后悔当初只听树倒与伐木声美的一面，而没有想到锯屑的鹅黄是树的血色，树倒声也许是树在血泊中向人类发出的最后呼喊。

会呼喊些什么呢？

我家堪称真正意义上的寒舍，却不乏远来的朋友。特别是林区老友，或特意前来，或从哈尔滨转车拐来看看。清茶老酒间，免不了谈林区。信息渐渐让人高兴，谈三北防护林这绿色长城，也谈老林区的新林成长得快而且好。

我想，人们已经意识到一味地欣赏树倒与伐木声，其实是在与自己为难了。

那么，小兴安岭回肠荡气的那种山韵，十年、二十年，总会回来。

我还能够再听到一次吗？

雪 回 来 了

深秋时节，枫叶红了，鸿雁就南飞，在晴朗天空哦哦地叫着，伸着长长的脖颈，羽翼发着轻微的金属声响，急匆匆不想停留。它归心似箭，它的家在南边，很遥远的南边。

晚些时候，庄稼归向场院，树叶归向泥土，雪就想家，她从南往北来，她的家在北边，在我们这里。虽然也到南方，但"南雪不到地，脉脉去人遥"，只是偶尔旅游而已，她是北方的，终恋着北方。

雪的性子急，倏忽间千里万里，总是一下子先到极北的地方，再慢慢向南，她在家乡徘徊徜徉。雪回来前，常常捎带个信息来。那信息，有些恍惚，有些朦胧。许是不经意间刮来的一场北风，也许是天上的一抹铅色云。老人腰膝微微地酸了痒了热了，孩子梦里飞舞着漫天的白蝴蝶。雪常夜归。过去有纸窗，将入梦未入梦时，会听到窗纸沙沙地响，就像拂尘在上面扫，如细雨在上面淋。紧一阵慢一阵，轻一下重一下，这是雪微笑着向里瞧呢。住了楼，大玻璃窗，雪扫窗的声音，变得柔了小了。雪渐渐在窗口囤起来，起起伏伏挡了玻璃下边的一条一段，迷蒙中觉得天未晓窗已晓，夜色明亮不似往常，就知是雪回来了。

这一夜倘若雪很大，那么外边的世界，会让人认不出来。不是沉睡中连房屋一起搬了家吧？仔细看来，一切还是原来的，只是膨胀了许多。一夜间楼高树高地高墙头高了，远远看去，连电视发射塔也更高些。还有就是，不论赤橙黄绿青蓝紫，原来目光所及的一切颜色，不论是高贵的低贱的，喜欢的不喜欢的，雅的俗的艳的淡的，转眼间全切换成一体银色。人力难及，神力难及，而雪呢，挥洒之间办到了。雪一回来，就让人眼睛亮，心胸宽，与天地同时呼吸，顿时感到年轻、纯净、高大许多。如是出了城，到乡间去，到草原去，到广漠的大森林去，"江山一色三千里"，满眼缟素，一腔豪迈。有幸此时搭架飞机，必能体会"山舞银蛇，原驰蜡象""长城内外惟余莽莽，大河上下顿失滔滔"的博大气概。这气概是雪的，也是人的。

若是雪回来巧遇白天，又没有一丝风，那么她安详而文静。古一词家说："悠悠漾漾，做尽轻模样。"后一句有轻佻之嫌。一片两片，羽片似的，轻柔舒缓，斜逸回环。全是出自天然，哪有一丝搔首弄姿之俗？"轻模样"说是"做"还觉不足，必说"做尽"而后快，先辈也有有失公允的时候啊。

回到家的雪，欢欢快快，随后跟来了诙谐调皮。从屋顶随风溜下来，在窗口迟疑盘旋，忽然一扫你的窗户，夹夹眼又溜走。你在积雪已久的地方走，像拍电视广告，她就用咯吱咯吱声，同步配音，

144

走一步，她咯吱一声。六出琼花轻轻盈盈落于秀发或修眉上，你刚一轻抚，她一下就化成几颗晶莹的露，还照出你的光彩来。有轮子的，她偏让你在原地打着滑空转，转出一片白茫茫的雪雾。没轮子的，滑雪板啊爬犁啊，她偏叫你跑得飞快。拿起扫帚要扫条小路，一边扫，她一边落，再扫，还落。你只好笑笑，摇摇头，扔下扫帚。

调皮得有时候近于恶作剧。比如她会不声不响，一夜间把乡亲们的房门囤起来。

兴致来了，雪会舞蹈。鲁迅先生写过，旋风忽来，雪便蓬勃奋起，在日光中灿灿地生光，如包藏火焰的大雾，旋转而且升腾。这是雪在南方的舞蹈。在北方，她在山顶上舞银龙回旋，在冰封的江河上舞长风律动，在田野上舞八面来风。在光滑的路面上，则作金蛇狂舞——路旁积雪，受风的拥簇，宛如一条条机灵的小蛇，忽而一同灵巧奔窜，忽而收住，风再一起，却又旋风般地转，风顿止，舞着的雪，在空中一停，就飞瀑一样溅下来。于是，一切都十分静谧了。

也有发脾气的时候。或战罢玉龙三百万，残鳞败甲满天飞，或天地混沌成笼统一团，或"大烟炮"席卷了一切。但雪的脾气改了许多，比早些年少了。

文静像湖，调皮像溪，缠绵像雾，壮怀激烈时像云像海。也难怪，她曾经是湖是溪是雾是云是海。她要在家乡沉静地睡半年。

来年春天，她又要去旅行了。

河 谷 柳 林

　　夏天，山谷里，有时一点儿风也没有。大太阳照着，草木的呼吸都是热烘烘的。在河流两岸流送的工人，走上沙滩，沙子像锅里炒过一样，烫脚烘脸。下到水里，空山水又扎骨般凉。嗬，前面河滩上有一片柳林。绿葱葱的，凉风从心里吹起来了。大家加快脚步，凉风就来接你。

　　真是一把绿茵茵的大伞。柳树棵棵都有一尺多粗，枝叶微微摇荡，袅娜多姿。

　　林里青苔，像一张提花毯，随着石头的高低铺开去。人们脱了胶鞋，泡得发白起皱的脚，也解放解放。青苔地毯看上去墨绿的，湿漉漉的，踩上去却是软软的，干松松的。

　　除了流送的人，柳林很少有人看见。与深谷幽兰相仿。

1962 年 2 月 23 日

巢营何处

在候鸟中，家燕与人类最亲近。它们对人也最信任。不像大雁和野鸭，从遥远的南国返回来时，在远离人烟的沼泽湖泊里落脚。湖边上见一个人影也生疑，想落又不落，远远地飞开。本来，对家畜如牛马什么的，还有安全感。后来猎人用牛马做掩护，鸟儿一落便在牛马身后开枪。它们知道了，这些家畜是猎人阴谋的参与者，再一瞥见也就立刻飞离。

"只愁去远归来晚，不怕飞低打着人"，家燕是要到民居里筑巢去的。它们很依恋农家茅屋。春夏时，茅屋时常开着门，出入方便；凡茅屋多在庄稼地附近，捉食飞虫方便。旧时的黑龙江农村，一般草房为起脊三间，一明两暗，中间的一间，堂屋兼灶房。燕子在正梁迎着房门方向筑巢。如果是老房子，梁上都有一窝。燕子记性好，年年可以找得到旧巢。

煞冷前，儿女们的飞行课上得差不多了，便有一次集结。好像一两个屯落的都凑在一个地方开会。呢呢喃喃议论一两天，便在一

147

个月明风清的夜晚，一同向南飞去，给人留一丝怅怅的感觉。大人们一定会嘱咐男孩子，要爱护那巢，以待它们明年归来。

若头一年秋天盖的新房，第二年春分后，必是把房门敞开着，留给新燕子来寻觅筑巢之处。这时候，可能会有一对落在前院房脊上，向这家的院里、房门里歪着头看，不时地商量。大约感到主人和气，孩子们不讨厌，全家比较清洁，便会试探飞进来。这时候，全家有一点儿忐忑不安，等待新邻居的选择。一旦见它们双双衔泥回来，全家人脸上都开朗起来。人们说，"燕子不落愁人家"，燕子愿意与你家一块住，那么，这个家一定是温馨的。

处长了，人们就把家里的燕子，看成是家里的成员，有意无意地留心着它们。窝造得怎么样了，小雏出没出壳。刚刚破壳而出的雏，黄嘴丫子很大，食量也很大，一天嘶嘶地叫，从没见它们有吃饱的时候。"燕子不吃落地的"，育雏期，大燕儿要捕捉二十五万只昆虫。平均差不多一天一万只。下雨天，飞虫躲起来，难以捉到，小雏更是叫得揪心。雨天亲燕得延长劳作时间，家里得留门，直到它们平安归巢，人们才关门就寝。后来干脆在纸窗上留一个洞，方便其出入。燕子也在屋檐下垒窝。窝垒成了，麻雀要不劳而获，强行进驻。燕子就联合起来，把侵略者驱逐出去。不过，这情形极少发生。

人们爱家燕，不仅仅因为它们近水楼台，与人共一个屋顶。也不仅仅因为它们生得干净，飞行矫健速度极快，轻盈灵巧惹人喜欢。主要因为它们有惊人的耐力，取信于人，"不辞故国三千里，还认雕梁十二回"。它们迁飞，要到南洋群岛和澳大利亚，何止三千里呢。

与燕子有关的汉语语言文字俯拾即是。只说诗，从《诗经》开始，几千年来历代著名诗人，几乎都有写燕子的诗歌留下来，受到一代又一代读者喜爱，与之共鸣。这可以看出人们是何等喜爱燕子。

我迁居哈尔滨，住原苏联领事馆与工大附近。这儿有许多树木，原中东铁路建的有檐平房，疏疏落落的不少，檐下燕子可以安家。所以这一带春来秋去，家燕很多。不留意间，不知怎么渐渐地少了。有一天，忽有家燕扑落七楼我家窗口，看样子是寻觅筑巢之处。当然不合适，只好失望地飞去。我的心一动，"何处营巢夏将半，茅檐烟里语双双"，它们哪里还有杜牧诗中所描绘的那种从容呢？这才想到周围年年陆续有平房拆迁，檐下燕巢破碎了。城市里，何止此处，又何止此城？想起去年去镜泊湖，住电厂原来的职工宿舍楼。职工集体入迁牡丹江市，镜泊湖的空房子做了招待所。没事到凉台看风景，见封闭凉台有空燕巢。大约原来住户也曾是雨后开窗待燕归的呀。至于农村，住房条件也都大为改善，再找屋梁，不会有，就是屋檐，也成稀罕物了。

人的住宅好了，原来生活在一个屋顶下的家燕的家，却没了。旧时百姓梁上燕，难入高楼小康家了。

咱们是不是得替报春的朋友想想呢？

149

小　鱼　儿

大江截流。大坝下游的江水暂时成了无源之水，便缓缓地向下游退缩。露出了江底，也留下左一个右一个小水泡子。

有些鱼留在里面了，年轻的人便去捉。

一位年轻的妈妈，当然也有年轻人的兴致，她也就高高兴兴地去捉。

左抓右抓，咯咯地笑，总算抓到一条小鱼。

"儿子，给你。活蹦乱跳，金翅金鳞的！"

小儿子接过来小鱼，说："怎么就一条？它的伙伴呢？"

"伙伴？伙伴留在江里了，给大坝挡住了。"

"那它们不再往前游了？"

"嗯，会往前游的，会的。"

"不是大坝挡住了？"

"工人叔叔修了两条山洞。它们会从洞里过去的。"

"哈哈，鱼在山洞里游，真有意思，真有意思！"孩子高兴了，可是随即想到了手中的小鱼。

孩子往退去的江水那里跑,还有些蹒蹒跚跚的。他跑呀跑呀,跑到了水边。他蹲下来,把小鱼轻轻放在水里。哗啦,水翻个小花儿,鱼儿不见了。

孩子说:"快游呀,快去追你的同伴!"

鱼　眼

第一道菜是生切鱿鱼。洁白如雪，作料配搭新巧，是让人舍不得下箸的艺术品。那鱼头内有某种透明液体流动，说明尚未死去，也让人不忍下箸。

坐在我斜对面的本坊太太，用一些青菜之类，把鱼头遮了一遮，笑着对翻译说一句什么。

翻译给我们说："这鱼的眼睛好像总看着她，所以盖一盖。"

这一细节留给我印象，说不清为什么十分深刻。也许它蕴含的内容既丰富又复杂，涉及人与自然，人需在杀戮动植物中生存；也涉及女性的纯洁与善良，人们面对某些问题的无可奈何的情绪与心境。

此后，本坊太太向大家敬过几回酒，平和娴静之中透露出一点儿哀婉，这大约是因了那只鱼眼的缘故。

石　火

猎　人　哲　思

老猎人教导他的徒弟。"家雀会飞，猫不会。猫能抓住家雀。"

"鼻子离嘴那么近，人扒饭进嘴不进鼻子。"

黑小子（黑熊）扑上来，扒去一只鞋。他仍捆树枝子，黑小子果然奔过去，才来得及补一枪。

猎人观察摸索的结论是：黑小子（黑熊）有警惕性，它一般不过猎人在雪上留下的脚印。

于是，猎人先绕着它走一圈。黑小子就上当了，在这圈脚印篱笆里转悠。什么时候上了准星，猎人才搂火。

1963 年

囚禁君子兰

参观大队花圃，有一株君子兰罩在钢网里面，标明售价 1000 元，怕丢。对高价买卖君子兰，参观者情绪波动，波幅很大。

"本是净化人灵魂的，现变成腐蚀人灵魂的东西了。"

"该叫小人兰了。"

"兰有何错，它是出污泥而不染的。要改名的不应该是兰。"

1983 年

路 灯 影 下

三四个黑魆魆的人影，交头接耳，看上去鬼鬼祟祟。令人起疑：黑社会人？密谋？分赃？

他们走到明亮的灯光下来了。有扛肩章的警察，有吊兜服的干部。

光线好照片就阳光；不好，就阴暗；全无光线，照片自然一团漆黑。

处人做事，道理有相同处，心理有相同处。

1984 年 12 月 17 日

慎　微

填《党员登记表》，妻批评儿子摔碗，杂音不绝于耳。

一分神，把在白林子弟校当教师，误写成学生。涂去重写，表上留了永远的黑点儿。

联想到，这类事如放在过去，就可能惹出悲剧来。怀疑，调查，导致生活变故，都可能。

1985 年 1 月 29 日

寻觅后遗症

寻找一物，比如一支笔，已用得很习惯的笔。怎么也找不到，好苦。茶不思饭不想，心悬在半空。此后，怎么排遣，就是跳不出去。

几年后搬家，在床下遇到，又觉得要找的不是它。寻找的情结仍执着。

1986 年 10 月 23 日

会议室经历

某县某单位大会议室，上百年老房子。一个老式麦克风，一把把破旧的椅子，始终没换过。发言的人呢，走马灯一般过去。

如这些设施有心智，会感受到什么？会说些什么？

1987 年 5 月 27 日

两 只 船

等公交车，你想乘坐的那一路，觉得就它来得慢。来得快的，都是他人要坐的。于是改变主意，想要上其他的车。11 路来了，你跑过去，开了。107 路是你本来要乘坐的，到了，你又跑回来，也开了。

两只船都要踩，结果如是。

1993 年 2 月 25 日

野蛮与文明

原始是野蛮的，现代是文明的。

原始的内核有没有文明？现代文明的内核，有无野蛮？

1994 年 4 月 17 日

同 一 材 料

在过去工作过的美溪，买了几棵"次加工"（不合格，但还有部分能用的）木头。在101贮木场加工成一口寿材。1974年1月23日，甲寅年正月初一，老母用上了。

剩一些板子，求人做了一张圆饭桌，自做两只小书架。

如今，饭桌丢弃，换了更好的，书架仍在。

1994年4月17日

膨胀的家私

人的欲望无穷尽。无好房子盼好房子，有好房子盼好家私，然后金满床银满床笏满床。这些东西会像宇宙形成一样膨胀，某天夜里到质变的瞬间，爆炸或让人窒息。

1994年3月7日

书 架 上

孔子的书，同"五四"时代的在一起。

斯大林的同希特勒的在一起。

写百万富豪的与写贫儿的在一起。

写皇帝的与写农民起义的在一起。

往往他们还在一本书里。比如写秦始皇的，就与写陈胜的同在《史记》里。

它们在书架上，很安静。若一个个主人公从书里走出来，会怎么样？

1994 年 5 月 22 日

流　水

流水把石块，变成鹅卵石。时光把对头，变成伙伴。

逝者如斯夫，不舍昼夜。

1994 年 5 月 25 日

乌　托　邦

好人的存在，不该使坏人更惬意；老实人的存在，不该让狡诈者更方便；遵纪守法的人存在，不该给违纪犯法的人造成空子；弱肉强食不该是社会的金科玉律。

乌托邦？

1994 年 8 月 10 日

连 续 偶 然

一个人达到某方面制高点，或可突然跌入低谷。循着他的发展线索研究，可以得出种种结论。其中有一种挺有趣：是一连串的偶然促成。

说不定，地球也如是。月球如果再多一个或少一个偶然，它会不会变成地球？

连续偶然，神鬼莫测，可得，不可求。

1995 年 8 月 31 日

角 度 四 则

1. 别追赶自己的影子，影子是追不上的。

2. 公交堵车。有的车已经紧急抽身，掉头返回。说有大车栽到沟里去了，伤亡情况不明。我所乘的公交大巴，全体乘客焦急。不一会儿有人探头出去看，两边是市场，人头攒动，道上如同溢进来的水，车空儿中都是行人。

车内也有人从车窗买毛豆，为毛八七的争争讲讲。

有什么隐喻或启迪吧？

3. 从楼上俯身看行人，偏巧看到一位熟识的，会改变平时你对他的印象。肩或宽了，腹或腆了，脚不自然往前踢着走路。这还影响到以往的既定看法。

4. 饿了糟如蜜，饱了蜜不甜。常在福中不知福，常在危机中，察觉不到危机。"惯了常了"是原因，平时剂量很小，但时时起作用，是一种麻痹剂。

1996 年 9 月 6 日

将 聋 未 聋

楼梯无人，却好像有脚步声。市街诸种声音分辨不清，只像远远的潮水卷来。

奇妙的是，风惹窗外杨叶，刮起冬天溜（糊）窗缝的纸条儿，或根本没有什么动静，却听成有人说话儿。话是奇奇怪怪的，劈空里一句，无前言后语。

反映听者长期形成的心态？两个同样将聋未聋的人，不会听到同样的"话"。

1996 年 9 月 14 日

土 地 无 言

世界土地这么广袤，都经过沧海桑田。选一小块，细细研究，追索沿革，可以激发许多宏大深刻的情感或哲思。

1998 年 3 月 11 日

追溯 DNA

假如有条件又渴望锲而不舍地追溯，可能追溯到自己的 DNA 的元初。

不用追溯到人以前，只到原始社会。会有怎样一张家谱图表？会仰天浩叹，还是低头沉思？会振奋还是消沉？会心胸开阔如蓝天，还是变得逼仄如挖煤巷道？

依然因人而异。

2013 年 3 月 2 日

161

永远的一瞥

自然景色，几千万年几十亿年，还将存在下去，那是永远的。一件小事倏忽而过，那印象经久不泯，对个人来说，那也是永远的。永远的事物，都是美的。

瞬　　间

视野里，一片鹅黄。无边无际，浩渺苍茫。说它是黄土高原又十分平坦，说它是瀚海沙漠又缺少沙浪、绿洲、红柳与跋涉的骆驼。

它渐渐变成乳白、纯白，一片大小形状一模一样的晶莹的珍珠、一片珍珠铺满的异常平坦的大地。转瞬间，珍珠又化成水珠，水珠化成白茫茫云遮雾掩的大湖泊，不折不扣的大湖泊。蓦然，大湖内云起浪涌，就如同整个湖面沸腾了。不，比沸腾汹涌十倍，用翻江倒海等等词句也不足以形容它的变化，很像是这湖下的地壳发生了巨变。

湖水颜色变深了，竟然分裂成三四片。这三四片，流动、聚汇、撞击，让人想象地球形成时大陆与海洋的拼搏情景。它没有一时平稳，没有一时不变，没有一时不在挣扎、翻滚。后来它变成了褐色的凸起巨大的苍穹一样的透明的气泡，然后，气泡破灭。

视野中大地变成深褐色，龟裂，化为轻烟，消逝了，消逝了，消逝得干干净净。

我紧紧闭上眼睛，控制心悸，擦去额上的细细的汗珠。

这只是一次小实验，在显微镜下观察松树花粉渐渐加热到四百摄氏度的变化。

燃　烧

夜是白的。

迷迷茫茫，大雪从高高的天空蹒跚着来探望森林。

篝火正旺。

火光的年轮，向夜空弥漫。跳跃，飘忽，伸缩，摇曳，时大时小。火红、深红、淡黄、鹅黄……还有宝石光般的蓝与雨后天空的青，倏忽变幻。

枯枝化成了火，化成了光，化成了热，化成了节日焰火似的五光十色。猎人投进一段枯枝，投进去了，又一段。

有一段枯枝冻牢在地面上。它牢牢抓住冻层，不愿投身篝火。三四个春秋过去，人们看不见它了，它已腐朽。

过了几年，猎人重进森林，他觉得篝火绚丽的彩色仍在眼前，仿佛那温暖还在血管里欢畅地流。

猎人的子孙走进森林，忽然想起老猎人讲过的篝火，他像走进童话的世界。他真的看见了那篝火绚丽的彩色，真的感到那温暖也在自己血管里欢快地，欢快地流啊流。

画　像

新灌车间的检修工人于子成，四十多岁，黑而瘦，一双很大很聪慧的眼睛，透着温和和善良，还有一点儿哲学家的沉思和艺术家的忧郁。分头有些散乱，穿一套蓝灰颜色的工作服，四月天气还穿一双棉胶鞋。浑身上下，只有那双瘦削的大手，才体现着他身上蕴含着的力，才让人想到他是几十年同成千上万吨钢铁机械对话的人。

他凝视着我，我心中一动。

他瘦削的双肩，那双眼睛和笔直的鼻梁，让我一下子想起了苏联作家奥斯特洛夫斯基的一幅画像。画像上这位战士出身的作家身着便服，斜挎着马刀，背后是连天的战火与硝烟。战士就是用这样的眼神凝视着人们。

于是，我感到很亲切。

看自己一眼

新灌装车间有一面镜子。

一面很大很大的镜子，就立在一上楼梯对面的墙根儿。

这镜子不错。照出的人，比真人还好看，照出的颜色，比实物还鲜艳。

这不是车间吗？是车间。

那为什么放这块镜子？是的，正因为是车间，才放了一块镜子。

这个车间的女工很多。女工中的年轻人多。年轻的女工中，姑娘多。

有个老歌手说"姑娘好像花儿一样"，有哪个女孩儿不爱美？

她们爱正在开放的花朵，爱早晨的霞光，爱晚上的春风，爱小草上的露珠，爱严冬的雪花；爱孩子们的笑脸，爱迪斯科和流行歌曲；爱诗、爱画、爱交知心朋友，爱在工作中争强好胜……总之，她们爱一切美好的事物。

那么，她们怎么会不爱打扮自己，不爱照镜子呢？

她们爱的。

楼上纸窗外

楼上，拉开纸窗是一小小阳台。

海风轻抚，碧波万顷，有海鸟飞落啼鸣。远处船只点点，亦可见几个小岛与一带远山。

斜下方一小女孩钓鱼，钓着又放进海里去。

一条小船在岸边随浪摇荡，摇荡着半船阳光，半船梦幻。

清晨，一条小径

清晨，一条小径。小径，蜿蜒环转的小径，在大丸别庄庭园的山石树木、水榭亭台还有古色古香的原木架成的小桥之间。

小径宽不足一米，由薄薄一层似黄非黄、似灰非灰的细沙铺成，这也不怎么特别。我赞叹的是他们在沙面上所下的那番功夫，花的那些心血。

不只是精心扫过，不只是铺撒平整。沙面上竟有波浪样条纹，如同用一把大梳子梳过。大梳子在向前梳，同时做 S 形运动。你想象它是流水，可以；你说它是行云，也行。难得的是这花纹与路两旁的草本建筑是那样和谐，分明是个艺术整体。

不忍踏下脚去，终究还是踏上去。

回头看看脚印，比雪地上要浅淡。又不是那样明晰，给人一种朦胧的美感。有一点儿让人陶醉。

后边再来人看见这脚印，如果他也是个好想象的，定会以为有人踏着彩云向仙境悠闲步去。

难为他们怎么想得出。

听说大丸别庄这家温泉旅馆，是一位老太太毕生经营所成，如今是她女儿主持。猜想除非下雨，她们几十年天天这样装饰路面，那需要怎样一种韧性、怎样一种匠心啊！

难怪天皇裕仁曾来此小住。

莽林风景

太阳、月亮、星星，云、雾、霜、风、雨、雪，这是些寻常的景物吧？可是一到苍苍莽莽的大森林中，全都变了，变得让人感到新鲜、陌生、神奇而又亲切。

我还是个大孩子时，从平原走进森林，一口气在森林中生活了三十年。上面说到的变化，是我森林生活中的一个重要体验。

每当一道风景让我惊喜、心动、兴奋的时候，我就仔细地去观察，调动五官、心灵的一切潜能，饥渴般地品味、欣赏其蕴含的美，而且随时拿出随身携带的小本子与笔，详细记下我所见到的、所感受到的、所想到的。也许过几天、几个月，或三五年，它们便会出现在我的文章中，或干脆就成了一篇小文章。

这里编选的篇什，便是其中的一部分。

原 始 林

吉普车一个急转弯，钻过一个铁路涵洞，眼前忽然少了半边天，接着一座高山耸立在眼前。满眼是苍劲挺拔合抱粗的大红松树，原来保护区已经到了。

吉普车开进林间公路，感到阳光骤然暗下来。走了一程，有如戴了副绿色墨镜，森林里的光线，在大冬天里也是淡绿的。远处偶尔筛进三五条光束，耀人眼目。汽车好像小了，连人也感到自己小了，像一条小鱼在海底游，一切喧嚣，悄然逝去。汽车均匀轻微的马达声，使森林显得更加幽静。

前边忽然有三四棵褐色大树挡住去路。司机仍旧开过去，将要碰上，一个急转弯，前面又露出一段公路。不过陡得吓人，好像往天上开，似乎又无路可走。汽车爬上高岗，看见的是一条深谷。临近悬崖的时候，才见树木掩映下的一座蓝色小桥。汽车鼓足力气，又爬了一段陡坡，来到坡度较小的路上，停下了。

下车一看，乳白色建筑的一角，在岗上若隐若现。我们连忙攀缘而上，来到山顶平地，一座漂亮雅致的两层小楼，出现在面前。

"雅格达"

大兴安岭森林里的人们，偏爱一种别处不多见的植物，学名叫越橘吧？这里的人们还延续过去的叫法，叫"雅格达"或红豆。后来大森林里来了文化人，知道"红豆生南国，春来发几枝"的诗，便把它与南国的相思豆区别开来，叫"北国红豆"。

雅格达大约两三寸高，或生长在山坡上的灌木丛中，或生长在青苔之上，密密麻麻，一棵挨一棵一片挨一片丛生在一起。细细的茎（那实在不能说是"干"），成三角形生出三片显得有些厚重的叶子。叶子油绿且亮，在阳光下闪着光。夏秋之交，叶子下生出三五枚小苞，渐渐长得黄豆粒大小时，也便由浅绿浅黄谷米的颜色，变得深红，直到绛紫颜色，才慢慢显得有些褶皱，脱落下去，这一粒里包含着许多罂粟种般大小的种子。

在那黄豆般大小的东西红得正艳的时候，拨开灌木或草丛俯身看去，分明是片片翡翠雕刻的叶子中，镶上颗颗晶亮的红宝石，红得让人心头一亮。它在白茫茫的云雾笼罩之下，在满山遍野都是深绿浅绿之中，给人顿时增添一种暖意。这也许是这里的人们钟爱它的原因之一吧。

人们钟爱它，还有一层原因。西伯利亚上空灰云浓重，渐渐刮起西北风，彤云翻飞，大雪飘然而降，雅格达却容颜不改。你扫开哪怕是尺把深的大雪一看，绿的还是那么绿，红的还是那么红。红、绿、白，三种颜色对比鲜明，它透着充沛的生命活力，悄悄告诉你春的消息。如有雅兴，采下几颗红豆品味，酸甜适度，肺腑心胸全为之一爽。

人们爱它平凡，爱它天然的美，更爱它的顽强。

洞箫中的森林

很是轻柔。音乐形象把人引入解冻的小溪旁边。森林抖掉一身积雪，轻松愉快，沙沙作响。春草破土而出，也发出微细奇妙的声音。雾气在森林里升腾，叶芽伸展腰肢。百灵鸟由远而近，它们与老林相互热烈问候。别的鸟儿也飞回来了，参加了这一场亲密的会见，那是真诚而欢乐的。不一会儿，风儿也来了，它引起一首合唱。草、嫩叶、鸟雀、山石、小溪流与森林枝叶，竞相引吭抒发喜悦情怀。

间歇一会儿，洞箫手茫茫然望着窗外蓝天的一角，眼里渐渐聚拢了惊慌神色。曲子立刻又从紫箫中奔泻出来。开始节奏紧张，乐句短促沉重。这是什么呢？是聚敛阴云的带着潮湿气味的风声。蓦然石破天惊一响，不言而喻是雷鸣。排山倒海般的声音与这声音所造成的气势，是暴风雨倾泻在山岭上。接着的隆隆大作的乐句，不是雷声，而是山洪暴发。土壤、石块、树木，一齐被洪水冲下山去。叫人听了五内酸楚的，是受灾人们的呼救之声吧？忽然这凄惨的声音被洪水声淹没了。曲调渐渐平静，恍如一场鏖战顿时停住。间歇几个节拍，他又吹出与前大不相同的悠缓悲婉的一段来，曲子这才收住。

我听得出，这是大森林因过分砍伐，终于毁灭在暴风雨中的一曲情笃意切的挽歌。

而结尾的这一段，是洞箫手在月明风清的夜晚，面对惨白的山石凌乱的林地，对大森林从前美好风光的怀念吗？好像又不是，因为它比这深沉得多。

向 往 净 土

原 是 森 林

比起家乡来，河南天亮得晚。刚一亮就起来，到旅社旁的市场去散步。还空荡荡的，只一两人在打理摊位。再往里走，见一老汉，蹲着拾什么，很瘦，看去白发苍苍的头，像长在膝盖上似的。问老哥捡什么，答曰："一次扔。"细看，是在翻动垃圾，捡一次性卫生筷子。问做什么，说烧火，老两口烧不完，就给成家另过的孩子烧。他说省上统计过，用"一次扔"，百十县一年得烧去一片森林。

这一带，是郑伯用颍考叔主意，掘地至黄泉，得以见母的地方，描绘此地的古诗词中，深林、高林之词甚多，原是"万木萧森"的，如今放眼望去，难见树木了。

雪 变

东北北部的人们，异常爱雪。一年中有半年多与冰雪为伴，一

171

生中有大半生与冰雪为伴。冰雪给了他们坚强，给了他们耐力，也给了他们豪放的性格和水晶般纯洁的心灵。

雪花，是他们心中不谢的花朵。

可是，他们渐渐发现雪变了。雪少了，雪黑了（落了煤烟中的尘埃），雪软了。

极细心的人，发现同一时令的雪花，与以往比，形状也发生了变化。为什么呢？本地气温变化、水汽变化、气压变化了。

这变化，让他们总觉得心中不安……

黑　与　白

那一年大兴安岭的山火，令全中国十几亿人牵挂。到了冬天，过火的树木必须采伐下来，便于重新栽树。

山上的积雪太深、太大，东北人常说的"大雪封山"正是指此而言。放眼望去，只有黑白两色。树是黑的，枝枝丫丫，四脚拉胯，像被烧死的动物聚了筋，很是凄凉。白色的雪使山岭轮廓更为清晰，连绵不断。没有鸟鸣，也没有机器的嚣叫，万籁无声，一派死寂。

养 花 琐 记

朱顶红冬眠

我家从外地来哈，带一株对对红来，后来才知叫朱顶红。养数

172

年，不开花。一次到松花江木材厂办事，见工会有一株，开得正红。回来对老伴儿言及，老伴儿便更关心它，浇水松土。又几年，仍未开，置碗橱下竟忘却了一个冬天。春天打扫卫生才发现它还活着，又细又白，让人见怜，生命力之顽强，让人心动，于是带着歉意重栽。又二年，它开花了，而且是在春节时开的。那个春节，满室馨香，至今不忘那花开的情境。

"老爷"木槿

女儿上一年级时，有小朋友送她一株小木槿，栽在一个铁皮罐头盒里，纤弱得不敢碰。不数年竟有拇指粗了，迁哈时，请人做一大方木盆，又钉木架护着，千里迢迢运来。其花淡紫，无香气，朝荣夕落，古杂家谓之"朝生"。好处在于花不断，有时繁花似锦。木槿喜光，开春抬到阳台，深秋抬进来，年年如此，赶上老爷了。历十年，有鸡蛋粗，一米半高，阳台门窄，抬一次老两口打怵好几天，加之"腻虫"难灭，只好忍痛送人。

君子兰手术

朋友赠一君子兰苗，虽非上品，却还苗壮，无奈开花时夹箭。看它憋的那样子，让人着急。人急生智，在花株一侧，用刮须刀片，直着剖开，箭才得以长上去。开过几次，根子似受了损，空了。

透叶莲"冤案"

见一朋友家有此花，非常喜欢。后购得一株精心养大，有那么一点儿飘逸韵味。

那一年我发现患了结肠癌，急忙住院、手术。老伴儿胆战心惊，以泪洗面。

173

忽一日，听见地板有慢节奏滴水声。一查找，透叶莲流泪了。老伴儿本不信这些，却终觉不安，透叶莲就这么含冤地被连根拔扔了。

过好几年，从一懂花的朋友处得知，我养的，可能叫滴水莲，您说，让人后不后悔。

今年，科学养花，几十盆，很繁盛，也添了龟背竹（透叶莲），算是平反。冬天有绿意盈室，还可能有三两样鲜花可看呢。

放　生

在森林里迷路而且饥饿的孩子们，捡到了一头小鹿，那小鹿是被猎人套住了。

小鹿的眼睛，比羔羊的眼睛还要善良。它惶恐得很，看看这个，看看那个，那眼睛里有多少哀愁啊！

丁一不敢看它的眼睛。

小玲抚摸着它出血的脖子，眼里涌出了泪。

大伙面临着一个严重问题：拿它怎么办？

你看看我，我看看你，都不吭声。

这时候，忽然传来几声"呦呦"的鹿鸣。刚才跑了的那头鹿，又回来了。它在距离二十几米的地方，向这里张望，样子又急又怕。

小鹿听见叫声，又拼命挣扎。

大家明白了，那大鹿是母亲呀。它的孩子被套住了，它一定受不了啦！

小玲眼泪流出来，央求高宇说："宇哥，放了小鹿吧，多可怜……"

"放它！"

大伙异口同声这样说。其实高宇也是忍着眼泪呢。

高宇走过去，把绑绳（一条葛藤）解开，把小鹿扶了起来。

小鹿站了一会儿，看看这个，又看看那个，它好像不相信得到解放了。当它看到妈妈的时候，就蹒跚地奔了过去。

牝鹿连忙迎接过来，舔它的头。接着，就一前一后，往森林里去了。

"可怜的小鹿，下回你可要小心，别再让人家套住！"小玲像对小朋友说话似的，朝隐没在森林中的小鹿说。

也见斑鸠

《诗经》第一句就有鸠，关于雎鸠。读书知道，古帝少昊氏曾以五种鸠命名了五位官。也听朋友讲过斑鸠，但却没见过。

这次去河南乡村，常见路上落有三五只小鸟，低着头，匆忙地觅食，灰褐色，像鸽子，但小些。车到了近前，才不得不飞去，飞时一起一落地像喜鹊。司机说是斑鸠，田里施农药化肥，可吃的东西太少了，所以到路上找吃的，原来野鸡也很多，近几年见不到了。

去郑州，车行高速路，路上有小小的影子一闪，车停在路边。司机跑回去拾回一只鸟来，软软的，尾羽撞零落了，颈后的背上，有几点金色的斑点儿，是斑鸠。我就这样见到了斑鸠。

175

这不是少昊氏的五鸠，从嘴上可看出它不是食肉的。

向 往 净 土

我在小兴安岭一林场工作过。场西之山前，有条无名小溪，浅浅的、清清的，溪底鹅卵石激起浪花洁白如雪。清晨傍晚，听空山鸟语溪水低吟，怡人性情。夏季里，常见有凫携雏七八只嬉戏于溪上，亦不甚避人，人与鸟各得其乐。其后场旁开矿，人机剧增。二三里内竟有几所大厕架于溪上，生活垃圾弃于岸，日高一日。于是，人不再去散步，鸟也不再去嬉戏。

遇工作调转，私自庆幸。后寓于一二层小楼，楼在某林城东北隅。北靠山，东临河，极眼亮，水声鸟语，自谓难得。没几日，居民将垃圾"置之河之干兮"，夏日腐气熏蒸，春则风舞尘埃纸屑，废食品袋惨然挂于满山绿树之上，"河水清且涟漪"的景象又到何处寻觅？

再因调转，迁进北方一大城市。通衢干净，僻静街巷人绕着垃圾走倒也可以。到郊外一看，垃圾场山似的起伏相连，就觉有些可怕，城愈大垃圾愈多。

过去听说沙漠逼得人步步后退，如今眼见着垃圾一天天抢占人的生活空间，终将挤得人无立锥之地。躲不是办法，那将失去最后一方净土。

好在人有求洁爱净的一面。谁陷进垃圾中也无法活着。古时有法曰倾灰于路者杀。朱子治家格言中也有清晨即起洒扫庭除的教诲。

人也有难于见人的一面，这就是有人以邻为壑，废弃物倒出门，在门外拍拍身上灰尘，关门大吉，舒一口气完事。别人如何处置？何必咸吃萝卜淡操心！有数次报道均说到，核废料从一国装船运往他国，被拒之门外。那装载的船只倒了霉，只好在公海上漂荡，弄得有家难归。

某些外国人很讲究"文明"与"公德"，己所不欲急施于人，垃圾出口，一箭双雕。某些同胞"君子"爱财取之无道，把洋垃圾当珍馐美味捧着，瞒关私进。钱他捞了就无须别人代劳了，传染病呢，请同胞沾沾洋光，感谢也不必，谁让咱们都是黑发黑眼黄皮肤呢。

大自然不生产垃圾。其他生物自有食物链（譬如动物尸体有狗与鹰来收拾），所生废物亦构不成危害。唯人例外，垃圾是物质文明的衍生物。人把自然资源当成甘蔗，大嚼并吸吮其汁水，渣滓吐掉成了垃圾。废弃物随文明程度的提高而增多，有害成分也加大。近几百年人类生产总值超过以往千年万年，近几十年又超过近几百年。垃圾及其有害程度是否也成此比例？未见有人统计。

因噎废食自不可取，但总不能让汹涌而来的垃圾洪流淹没或弄得昏死过去。既能制造垃圾，就应有办法清理。减其源治其流或可说是办法之一。

科学家告诉我们，对现有垃圾处理办法大体有二：深埋之借自然之力加以分解变害为利；设厂加工之变废为宝。前者国内通行，有埋不胜埋之虞，后者极佳却又无财力。国家是我们的国家，社会是人类的社会。在其位者日夜谋之，已废寝忘食矣。而我们每个普

177

通人，活着就不能忘记自己那份责任。

人之为人，谁又欢迎倾灰于路者的那类"牧"鞭的抽打？人日少扔一塑料袋之类的有害垃圾，做起来怕也不难。少生产一点儿一用之后就成有害垃圾的产品，会误了我们的"财运"吗？

这是减源，比治流要紧。

据说地球上迄今百分之八十的资源，被百分之二十的人消耗了。那么，他们也应承担消除百分之八十或宽容些百分之六十垃圾的责任。

果为此，百年以后的子孙们会说，地球生了养了他们，他们也为拯救这唯一的地球用了心。

2006 年 12 月

心灵漫步大自然

　　城市里，水泥建筑林立，有了"广厦千万间"，可是也把人们与自然隔开了；人类把自己关进密不透风的坚固的大盒子里了，所以，更希望走进自然。

　　看看大海，进一次森林，固然是难得的亲近自然的机会，但我看还不能算真正投身自然，还必须让心灵有所感受。那么，就要仔细地体验、观察、思索……

水　　滴

　　是蒙蒙细雨的父母？

　　是缟洁霜雪的儿女？

　　一滴水，几乎与空气一样透明。

　　山光树影过于沉寂，鸟语空谷太嫌幽静。它渴望着什么，全身都为这渴望，都为这渴望所充溢。

于是，它融进一道涓涓细流，这细流与大滴雨水一样粗细。

它会同许多伴，纵身从悬崖跃下……居然，它到了海。

或许，它成了海。它的确是海，谁又能把它同海分开？

千里万里的路，弯曲笔直的路啊。

瀑布吗？它曾做过瀑布。

水车吗？它曾推动过水车。

轮船吗？它也曾捧起过轮船。

电的光明中跳动着它的精英，香稻嘉禾，夸说是它送去甘甜的乳汁。

它呢，却感谢冥冥中的一种力。

然而那力却说："我呀！我也是别的什么造成的。"

海 浪 花

从前，我没有见过海。

人们告诉我，海上的浪花与江上的、河上的、湖上的，迥然不同。

从此，我向往海浪花。

前年，我第一次见到海，那是在大连。我急匆匆赶到星海公园去看海潮，可惜已是夜幕初垂，雾气迷蒙，哪里还看得见？只好坐在余热未消的石阶上听潮，索性，闭上眼睛。

潮涌波涛，震动的不是耳，而是心。我明白了，什么叫作"澎湃"，什么叫作"雄浑"。这样听了许久，我想，如果是白天，就一定会见到海浪花了。

哪里想到，我一睁眼，海浪花却在我的面前了。入夜了，雾气消散，海变得墨蓝，那浪花是洁白的。

一条洁白的线，从目光所及的远处，闪闪烁烁向这边涌过来。很像狂风卷起一线大雪。这条线很长很长，蜿蜒灵动。越接近岸边，流得越快。是偶尔遇到礁石了吧！整个这一条线都晃动了，并且与它后边接踵而来的一道道银线，结成了一张网。

墨蓝的海，罩在银色的网下，海在涌，网在飘。

我见到海浪花了，那向往，自然满足许多。

去年金秋时节的一个下午，我去厦门的南普陀，登高山以观沧海。待到山腰，回首一望，惊喜得心也跳了，头也晕了。

整个大海，顿时变成花的世界。原来，每个浪尖上，都跳跃着一点儿阳光，像神奇的金菊，又像仙境里的杜鹃。这千朵万朵神秘绚丽的花儿，闪烁变幻，并无常形，就好似一阵熏风吹进花海。

我自以为这一次是真正看见海浪花了，那对海浪花的向往，似乎已得到平慰。

也是去年，我乘海船在东南沿海航行，又见到另一种形态的海浪花。

海，把它巨大的浪，用力掷向岩石，掷向小岛。轰然一声，一朵世界上最大的最壮丽的花怒放了。我想，只有把"怒放"这个词用到这儿，才算是不委屈它。

水晶的瓣，珍珠的蕊，水银的叶。

是的，它也许是世上花期最短的了。难道花期最短的，就一定不是最好的吗？谁肯给它拍个慢镜头，我真是感激不尽了。那样，人们就会真切地看清它是怎样舒瓣吐蕊，怎样向天空和太阳仰起脸来，伸出手臂。

这一朵谢了，另一朵开了。礁石、小岛真有些令人羡慕，它是在花的拥簇之中的。

我不禁反问自己了：海浪花的千变万化，你怕是连一二也未见全吧？

从此，对海浪花的向往，不仅没有消退，反而增加了。

倒 开 江

江面上的雪出现了蜂窝式的小洞，发黑了，悄悄融化，雪水吸收了冰上的冷气。

气温已经上升到开江的临界点。

也许是山上的小鹿蹬下了一块石头，也许是水下的鱼儿急于跳出水面，总之，谁也说不准因为什么，神秘的天平受到了震动，"轰"的一声，大江开了……

江水发疯似的推动大冰块，大冰块发疯似的互相撞击……

18日18点30分，离额尔古纳河与石勒喀河汇合点不远的洛河古口一带，首先开江。第二天早6点，漠河开江。地委、军分区当机立断，指示沿江各县、乡、村、屯和驻军各团、营、连、排立即组织低洼处军民转移。

4月19日15时，洛古河下游两百里的北红村，蓄起三公里的冰坝。江水溢进营房、村落。21 日，苏联方面派出直升机轰炸冰坝，险象缓解。但冰排顺流疾驶，又被古城岛下游十多公里处的群岛截住。成百吨重、篮球场大小的冰块，插下江底，飞上山坡，竟高出江面二十多米。这座冰峰林立的冰山，横贯江中，宽数公里，长三十五公里。江水推着冰排，竟然像溃兵一般倒流回来。水涌上山坡，泻入村庄，冰洪首先卷走了岸边盛开的杜鹃花……

红　土　地

　　一个人出生后第一次睁眼，看见的土地是黑黑的。他在这黧黑的土地上学步、嬉戏、摔跟头。吃着这样的土地生长出来的粮食长大，已经习惯于黑土了。他第一次到了红土地上，满眼都是红色——红色的村路，红色的农田，用红土垒墙盖起来的房屋——那感觉是新鲜而强烈的。这是闽南给我的第一个印象。

　　红土地竟然会生长出这样好的植物，真让人惊奇。在家乡的青纱帐渐渐变成全黄颜色的季节，我看见了闽南的甘蔗林。苗壮茂密，水田里的晚稻已经飘散出收获前夕的那种袭人的香味。路两旁长着高大的柠檬，叶子像柳，表皮像杨。水渠或小溪两旁栽的全是荔枝树，微微泛红的流水在荔枝树下荡漾。姑娘撑着小船在荔枝树林中时隐时现，淡红色的身影在绿树之中一闪一闪。可惜采摘荔枝季节已过。苏东坡老先生"日啖荔枝三百颗，不辞长做岭南人"的情趣没有体验到。然而山坡上，田头地旁，院墙前边的桂圆，却正是收获时候，满筐满箩的，还有，山上的高大的樟木，公园里从外国引进来的桃花心木、大王椰、皇后葵等等高大粗壮的植物，也都完全是靠着这红色的土地生长。

在我印象里，红土总不如黑土，它似乎是贫瘠的同义语。但它却毫不迟疑地竭尽全力地向人们奉献。我对这片土地肃然起敬。

本地人，更把这红土地当成宝物。人们衣食住行没有一样可以须臾离开红土的。就是建筑比较高大的楼房，红土也要掺着白灰做黏合材料，早年漂洋过海去谋生的，往往也揣一包红土去。

红土养育了闽南人；闽南人使红土变得丰腴、慷慨、神奇。

湖—草原—城

这里曾面对着 个湖，很大很大的烟波浩渺的湖。

恐龙或许还有其他一些大动物，如同一片云影，从远处慢慢来到湖边，喝足清凌凌甜丝丝的湖水，会悠闲地朝湖面望上一眼。

东方天水相连之处，太阳从湖里涌出来，抖落一身水珠，立刻使天与湖都无比辉煌。湖面上流曳着金色的雾光。成群水鸟像三月的萤火，在湖面上飞舞。湖边各种亚热带高大的充溢着原始荒蛮之力的植物立刻绿得耀眼，不断在晨风中摇曳。

当然，这差不多是一亿年前的情景。

这里曾经是一片草原，真是天苍苍野茫茫啊。西伯利亚蒿、芦苇、三棱草造就了另一个"湖"——草原之"湖"。春天满目嫩绿，严冬看不尽洁白，夏天呢，如果有一匹活泼好动的小马，在草原上撒欢儿，它会惊起难以数清的大大小小的鸟儿，并且在空中成群追逐这马儿，惊慌地鸣嘶。

这情景，是五十年前的事了。

那么现在，现在怎么样呢？

现在是一个城，这城的名字叫大庆。

中 州 思 絮

指 间 溪 流

郑州有商城遗址。据考证早于安阳殷墟。有周长七公里之城垣，还有房基地窖水井，冶铸青铜器之作坊。出土有大型青铜方鼎。古城东南角，城垣残留最多，陡然高出平地许多。其上树木蓊郁，酷暑烈日，商城墙上却是一片阴凉。纳凉者多是老人，自带马扎蒲扇凉茶，悠闲观景闲谈。

一老奶奶带一周岁左右的小孙孙。

小孙孙光身挂红兜肚，坐在土堆上专心地捧黄土玩儿。捧一捧，让黄土顺指缝溜下，然后再捧再溜。

我忽然心中一动，不是三四千年的时光，商周春秋战国，秦皇汉武唐宗宋祖，都在这孩子指间的溪流中流过了？孩子浑然不觉，他觉得这只是好玩的黄土罢了。

未来的时光是这孩子的。

移　城

白马寺在洛阳东十二公里处。林木蓊郁中，坐北朝南，沿中轴线有五进建筑，气象庄严。山门仿牌坊式，三门洞。歇山式天王殿五大间，正脊透雕花龙，作火焰纹。龛内弥勒佛像，是用明代干漆夹纻工艺塑成。大佛殿内主尊释迦牟尼像，高 2.4 米，明代泥塑。大雄殿有贴金雕花大佛龛，三主佛又称三世佛。两侧十八罗汉姿态各异，个性生动。亦与弥勒佛一样工艺，堪称国之珍宝。有壁佛五千尊。接引殿一佛二菩萨，佛教称西方三圣。毗卢阁建于全院最高处清凉台上，重檐歇山阁楼式。内供华严三尊。其左右配殿，与别处佛寺更有不同，供的是印度最早来我国传教的两位高僧，摄摩腾和竺法兰。

有记载说，东汉明帝派官员去印度寻求佛法。至大月氏（今阿富汗），巧遇在那里传教的这两位高僧，便迎奉回来。明帝待为上宾，在他小时读书的清凉台，请两位高僧译经。译出《四十二章经》，后又建寺。因经与佛像均为白马驮回，名白马寺。

白马寺是我国第一座寺院，因此被称为释源和祖庭。这是第一次将佛教庙宇叫寺（过去寺是政府部门名，如大理寺是最高法院）。寺东，有齐云塔，据说是我国第一座浮屠。汉后白马寺"安石榴"出名，说是一只有重七斤者，特别的贵，"一实值牛"，石榴是由迎僧官员第一次从安息（今伊朗）带回来的。一寺而占四个第一，实在难得。

在前大院左右两侧，各有一冢，柏树成林，茂密葱茏，两位高僧即长眠于此。

史有记载，白马寺于公元68年建在"洛阳城西雍门外三里御道北"，为何现在城东？老城毁弃，稍西移建新城，而白马寺址未动的缘故，由是沧桑可见。

记 忆 选 择

那一天参观龙门石窟。两青山峭立东西，伊水扑面涌来，令人心惊魄动。石门天险，谓之伊阙，自古兵家必争。秦大将白起，与韩魏联军战，斩士卒二十四万。北魏迁都洛阳，派数十万兵马南征，雨中进军的脚步声，传于阙外。魏唐于两山开凿佛窟四百年，现已列入世界文化遗产名录。窟龛两千三百四十五个，造像十万。参观数洞，庄严肃穆中受到了艺术熏陶。

回来后要写写感受，不想那些洞与像在记忆中逐渐模糊。倒是只听说没有见到的，记忆清晰：是禹开凿了龙门口阻水的巨石；因冬夜里听不下去船工水中推船的呼号，白香山七十三岁筹借巨款，疏浚河道（仙逝时也许在冬天）。山下只有流水声，而没有了那苦楚的呼号，他安详地合了眼；几千个洞中有个药方洞，不但搭救过中国穷人，也被日本抄了去。

是我的记忆视觉印象差了，还是另有原因？

河 洛 平 原

车在黄河与洛河之间的平原上行驶，就觉得不断与历史对话。黄帝、炎帝、大禹、商纣、文王、武王、汉光武帝、曹操、魏孝文帝、隋炀帝、武后、宋祖，曾经于此叱咤风云。周公、老子、孔子，圣人级的人物，于此开辟华夏文化先河。白起、关羽将星赫赫。西方高僧、智者，东方留学求佛者，云集于此。张衡、褚遂良、白居易、韩愈、刘禹锡，真正科技文艺大师，何止数十。丝绸之路的一端，三千六百里京杭大运河的中枢。路两边，一顺眼望见的那土丘，说不定正是一座皇陵。那一块巨石，难说不是某宫殿的丹陛。某一断碑，可能与河图洛书有些渊源。农民的一犁下去，或许正是华夏文化的沃土。

豪迈。也有一点沉重。直到心思回到眼前宽阔、平直的高速公路上，那豪迈心情又潮头般涌过来。在这样地基上建起来的，应该是世界上最好的路。

愉　悦

与大喜、高兴、特兴奋的感受不一样，愉悦比较恬淡、悠远、绵长，是一种淡淡的香、浅浅的甜。前者是太阳，后者是月亮；前者是酒，后者是茶；前者是惊涛裂岸的大海，后者是波光潋滟的清泉。

初春，清晨打开窗子，第一缕清新的空气溢漾到室内。

晚春，明月临窗，与挚友坐于窗前，随便地回忆起某件小事。

一个人，在幽静的林荫小路上漫步。

要到草原了还没有到，要到森林了还没有到，空气里轻轻飘游的那种气息。

新茶不必过于名贵，比如一般的绿茶，刚刚沏一杯好水，叶子在玻璃杯中浮动后，渐渐稳定、舒展，杯口上的氤氲中带着些许茶香。

看见了孩子稚气纯真的笑。

夜梦中，蒙眬听到春雨淡扫门户，想到"随风潜入夜"的诗句。

冬夜，暗中听雪扑窗子的簌簌声。

读好文章。从容、平常、随意，有韵味。与矫揉造作无缘，与哗众取宠无涉。文章中一条汩汩小溪，与我这读者心中的汩汩小溪，悄无声息地融汇。每日能读一篇好文章的人，福分不浅。

这便是愉悦。

愉悦的心境，谁都有过。易遇，难求。刻意寻求，十有八九寻不来。意境环境心境和谐得水乳交融，水到渠成，无名的愉悦不经意间，便暗香浮动了。

溪水·纯金

人有动心的时候；

人有动情的时候。

动心是暴涨的江河，勃然奔腾，挟持风雷，却也裹杂
泥沙；

动情是跳跃的溪流，万斛泉涌，飞流直下，总是一碧
见底。

年轻时患肺结核病，曾在洁白的雪地上咳出过血，鲜红的。一次妻惊慌失措地从外面回来，急切切地问：又咯血了？我莫名其妙地说：没有啊。她松了一口气：见路边雪上有一口血……

常与妻分尝水果，苹果呀桃子呀，红的一半，哪一次都是我的。后来我抢先分割，红的一半是她的。她拿到手里不吃，一双大眼睛里，全是嗔笑。

三年困难时期，分到一张自行车票，攒了工资稿费，推回辆大

192

孔雀。妻还不大会骑，只好我骑，驮她。后来她告诉我，担心我累着，犯了病，本来不敢坐，又禁不起两人共骑的甜蜜的诱惑，就坐了。可是哪一次都欠着身子，她以为，这样我可以少挨一点儿累。

也是那个时期，我们在林区工作。粮食定量不够，上山开点儿镐头荒。割条子时，镰刀跳在了她的右手食指上（她左撇子），露了骨头。我在另一处劳作，没见到，她就瞒着我。几天后我才留心那食指是包着的，她至今还怪着我，发现太晚。天天吃水要到井上去担，她抢着去，怕我压着吐了血犯了病。毕竟是女人，百十斤的水，压得她趔趔趄趄，走"之"字步，两只水筲悠来晃去。

林区那时烧柴是木桦子，站干、倒木，截成六十厘米长，一劈几半，码成一米多高、四米长的"溜"，一家每年要买几溜。可是烧的时候要劈成细细的条，才好往灶里填，也禁烧。这是男人的家务活儿。看这家的男人勤不勤俭，小桦子劈的多少，那是一个标志。可是我们家的桦子全是她劈的。有一次不慎也因为过累，大斧砍在她脚背上，见了骨头，至今疤痕甚深。

她担心我犯病。就是我没病时候，苦的累的沉的重的不也都是她抢着去做吗？

十几年前我结肠癌手术，回病房尚未完全苏醒，妻紧握我的手，惶恐凄惨地呼唤，热犹在手，音犹在耳。

如今人老了，爱恋不减。睡觉前我一定要去卫生间。坐在那儿慢慢运动。她睡了忽然觉得身边空落落的，就急急地敲墙，我以"蹦恰恰"（四分之三拍，强弱弱）回应之，方才作罢。有时深夜忽地醒来，细听我没有声息，就伸来手到我口鼻前，试试有无呼吸，或摸摸我的胳膊，看看有无体温。她是看了一些材料，生了担心，恐她这心脏不大好的老伴儿，睡着睡着与她不辞而别，驾鹤西隐。

嘴上的纸上的伊妹儿上的爱，是矿砂；

眼上的手上的心上的爱，才是纯金。

岁　月

其　一

四十五年前，老妹子燕捷在呼兰结核医院走了，才二十几岁。从此，我再无一奶同胞了。

今年，同一位与我年岁相仿的老侄子话旧。他说："那年，老姑病重，临走前，我去呼兰看她。极瘦的手，有些颤，拿出所剩的那些铁破汤丸说：'我这病，再什么好药也是治不好的了。这个药是新药，挺贵的，你拿回去用了吧。'"

老侄子也有肺结核病，所幸尚轻微。吃了那些药，真就好了。

此事我并不知道，难得他记得那么清楚，还感念着。岩岫无意，白云自生。青山无意，清泉汩汩。人无意间亲情流露，承受者自然感念常绕心头。一连几天，老妹子当时的音容，便时而浮现在眼前。

其　二

慕先生早年，主笔一份报纸，后又专业写作。退休也休不住，有刊物返聘，仍不离文字工作。

与先生共事并邻居二十几年。先生不笑不说话，未见其为自己争过什么，笃厚诚实，遇事先为他人考虑者居多。可举一例：他新中国成立前三天办好参加工作手续，只是想到节前单位太忙，去报到给人添麻烦，就节后去了。最后闹了一个退休。他从未想找一找，说：添那个麻烦干什么，能差多少？

这一天，先生忽然来电话。我想楼上楼下怎么打上电话了？

"兴岐，怎么样啊？"

"挺好，老大哥好吧？"

"别说啦，四五天没睡着了。"

先生是在大儿子家来的电话。原来老伴儿猝发心脏病，驾鹤西去了，就是前四天的事情，就在我隔一层的楼下，怎么一点儿迹象也没见到啊？

我说："老大哥，怎么没告诉一声，怎么也得送送老大嫂啊！"

他说："你别见怪，就是子女送了，亲友邻里谁都没告诉。我们早立了遗嘱，临终不开追悼会，不办置，不留骨灰。悄悄来，悄悄走。"

不惊动邻居。咱这个单元，前几年不是有人去世，挂了幡头纸，呼呼啦啦，一过人扫到脑袋上，心里硌硬不硌硬？十几家子人，到底谁家死人了？所以不能这么办。

不打扰亲友。生活节奏这么快，一听到，有空没空都得来，为了咱们，耽不耽误人家的事？张张罗罗，车水马龙，遗体告别，钱串子都得倒提拎。

不让子女一年一揪心。留骨灰，得埋吧？埋了，得立碑吧？那碑摩肩接踵，不排那个号去了。年年到了祭日，子女得去祭奠，那么一大片碑林，祭奠谁去了？有事不去吧，心里总过不去，还担心人家说不孝。这个负担要几十年，子子孙孙背下去，造这个孽干什么啊？

我参加一位老同志葬礼。他儿子戴着大孝帽子，来位亲友，要介绍一回先父病情及治疗过程。本来伺候老人的病，精神体力都消耗殆尽，大宴会上，还得一一敬酒。你说哪有那心情，不是硬挺着吗？难为他们干什么？让他们遭那个罪干什么？

先生编审退休，儿子为大国企老总，如此遗嘱，非因经济困窘，而是一种境界。

我说："老大哥明达，节哀吧！你那遗嘱，一芥可以言须弥，给我立一圭臬。"

2009 年 6 月

告　别

女儿下岗学织绒衣。前一两年生意还行，就买了几台手动编织机，与她母亲家乡农村的几个姑娘合作，她供姑娘们吃住，所获分成。她在商店租一床子，为顾客量身设计款式。这商店冬天极热，穿单衣站十几小时，常常汗水淋漓，回来还同姑娘们一起编织。要求用手工的，她就飞针走线，因只有她会手工编织。女孩们绒衣织成后，她负责蒸气熨烫，都是起早做。她带女孩去秦皇岛学习，吃住在我一位至交老友家中。期满还特意带着女孩们就近去北京玩了一圈儿，说是农村孩子，出这么远的门不易，下一次说不定能不能有这机会呢。

女孩们亲切地叫她小姨。家里吃住，与家人毫无两样，连淋浴用的都是一样的香皂、洗发水。女儿操劳，三十几岁早生华发，偶尔染一染。女孩们也凑热闹，染几束黄毛，叽叽嘎嘎欢笑一场。太阳岛重建一同去一次，水上公园留下戏水照片。聪明伶俐叫莹莹的女孩说，小姨，我这一辈子也没照这么多照片。女儿就笑，说你多大，就说一辈子！除春节，其他年节她们全到我这边来，看电视唱唱歌有时还试着喝啤酒，她们叫老伴儿姨姥，叫我姨姥爷。像我这家庭忽然扩大不少。女孩子们体贴女儿，从不让她在顾客前食言，工期再紧也要把活赶出来。

织毛活的太多，竞争激烈，外城的竟带来几十万元一台的电脑织机，一眨眼十几件织出来了，所以她这手动编织的活儿，很难再做下去。女儿十六七时，学会铅字印刷，大小八页机用得精熟，扛纸运书从不叫苦。印刷告别了铅与火，这一次，编织机要告别手动。不知为何，让人想起《春蚕》。困难的事往往赶在一块，在大庆工作的女婿也下岗了。两口子决计回女婿家乡四川另谋生计。

小小的劳动组合解散的时候，女孩们泪眼汪汪。女儿在女孩们临行时，送她们每人一条大红金色牡丹团花拉舍尔毛毯，说你们结婚时，小姨去不了啦，这是我给你们的结婚礼物。

女儿走不到二十天的时候，接到回乡女孩子春梅打来的电话。春梅性格像男孩。说姨姥，小姨怎么样？说我在县里呢，这不也有个织毛衣的厂子吗？爸妈让我去那儿打工。干了一会儿，就干不下去，不知怎么，就干不下去。老伴儿劝她和爹妈商量，她说他们不愿意。龙江话，不愿意就是不行。她说我在县里打电话，没处说去，找小姨找不到，找姨姥诉诉苦。话音中有些哽咽了。

老伴儿泪也在眼里转了。是不是她父母令她寻亲事，她没看中男方，父母不满意她，叫她出来打工，到新厂又不适应，便想起女儿那个小小的也许是温馨的劳动组合？

此后再无信息，很惦念，想问问，又不好问，毕竟是人家的孩子。

伞　语

三伏天一片云彩一阵雨，远远地刚传来隆隆雷声，屋面上就有哗哗的雨声响起。想到行人们来不及防备，怕是要挨浇了，就到窗前去看。让人有一点儿惊奇，街上立刻是点点雨伞，五颜六色，姹紫嫣红，小街成了溢光流彩的河。备考高中的外孙女说，魔术一般变得这样好看。提议用"魔鬼词典"的办法解释伞，还要与我比赛。她限定时间，当然也忘记不了规定分数。

家里立刻魔术般地变成考场。

我事先拿定了主意，鼓励情绪嘛，能让就得让一筹。写了六条也就交卷：

有腿有脚的小屋顶。

特殊的帽子，雨天烈日下才戴。不过，还一个特殊用途，爱美的少女曾经把它当过道具。

一位少女说我有许多把天堂伞，那么天堂一准永远是三伏。

雨天搬家的香菌，阳光下赶去逛街的五彩缤纷的花儿。

遮住愁容、映衬笑眸的一道风景。

怕风不怕雨的奉献者。

规定时间内，完成五条算合格，得两分；每条得两分，我共得十四分。

外孙女写的是：

让人把落雨声听得更真切的工具。

反射光的仪器。（她刚学过物理中光的知识）

可以扛在肩上、遮住背影的屏障。

大雨天移动的一朵朵鲜花。

小孩子手中可支起可收缩（拢）的新式玩具。

雨中，将两人的心拉近，将两人各自一只肩膀浇湿。

半个皮球支根棍。

伞可以给人在雨天看别人奔跑、而自己悠闲漫步的优越感。

为保护别人不湿而自豪，为自己淋得透湿而骄傲。

让人过横道时多一分留意，眼观不了六路，只得耳听八方。

外孙女挺谦虚，她扣自己两分，得二十分。反正优胜就行了，何必还在乎那一两分呢。

原来伞这一件小用具，作为题材还有如此多开掘头，让我也有一点儿兴奋。伞字最早见于《南史》，说王缙以笠伞遮面。从人用大叶子遮阳挡雨得到启迪，伞便被创造出来。有故事说，中国的伞，还是周武王发明的。武王伐纣，天酷热难当，军士摘路边池塘中荷叶防晒。武王受启发，命木工仿此制防晒器具，于是才有了伞。伞在荷兰语中，音为"左德克"，为"遮阳挡光"之意。后来不论中

201

外，都把伞作为权贵装饰。19 世纪，伞才发达起来。做工更加精细。有用丝绸做面料，用细瓷、珍珠母、兽角做柄的。英国人福科斯取得专利。伞的样子多了，开天窗者有之，加望远镜、取暖器者亦有之。贫富贵贱无不喜欢。桑给巴尔妇女庆丰收跳伞舞，各国舞蹈以伞为道具的也不少。

唯巴尔扎克鄙视之，说伞是"拐杖与敞篷马车的混合物"。

1957 年，北大退休教授老焱若先生，借鉴人的关节结构做成了折叠伞。从此，伞更加方便适意。

那天，词条比赛过后，已是雨过天晴，再望街道，一朵伞都不见了。可是那些伞却在心中晃动。细细想来，关于伞的词条，还可编创出许多，有兴趣的朋友，不妨试试。

田野·遮阳伞下

路局处长们住宅楼下的停车场，刚刚铺过沥青，黑得还油汪汪的。清晨，车仍睡在库里，场上空旷、恬静。时近晚秋，枝丫高高越过新修的红围墙，墙这边梢头探进车场上空的胡桃树，将几片黄色的叶子轻轻松开。叶子飘移，旋转，落下。

不久有人来了，是一对父女。父亲人到中年，高挑挺拔，利落潇洒。女儿只六七岁，一头羊毛卷，娇娇的。晨练，打羽毛球。

父亲发球，尽量将球高高挑起。羽毛球懒洋洋画条弧线，凑向女儿。女儿起拍稍迟，接空了。父亲大步跨过去，弯下身，拾起球。后退几步，再发。更柔，更高，女儿却仍未接住。

父亲未意识到，发球的位置，离女儿越来越近。

女儿抡拍击到球了，球嗖地飞出很远。

父亲去捡球，女儿两手握着大拍子，拍子还拖在地上，她左扭一下，右扭一下，等着父亲捡球回来。

父亲回来了，高兴地说，对，就这样打！

203

前几年乘火车公出，眺望窗外风光。村落，村路，农用机动车。深绿的防风林带，大约是白杨，因那叶子蜡亮，柔和地反射着阳光。草原，盐碱滩，不大有光泽的牛羊，张望火车的牧人。远远看见公路，车辆中轿车居多，流光溢彩，许多的风挡偶尔反射阳光，一瞬间像闪烁的火焰、夏天的露水。

有片水稻田移进视野。一对夫妻在田里劳作。

忽然见一把长柄大伞，插在水田边的旱地上。一个一两岁的孩子，腰间拴一条布带，留有一两米的长度，然后系在伞柄上。孩子在爬着玩儿。母亲不时侧过脸，向孩子这边望一望。

日本有位小男孩叫丹后光佑。他很爱花，尤其牵牛花。家里学校，有地方就要种一点儿。真是不幸，他得了一种不治之症。

他生前手植的牵牛花，受到同学特别的关注，年年结籽，说是已有两百万粒。同学与学校，年年精心收获种子，然后说明情况，分寄给远方的学校与同学。

日本的小学校园里，到了牵牛花季，该怎样的繁盛呢！牵牛花，牵动了多少小小的纯洁的心灵啊。

那时海轮还少，出洋，一家人乘的是大帆船。

到了南洋，小女儿的第一个印象是，老搬家。为方便，包袱挂在门上，老板什么时候不要了，叫走，拎起就动身。

站在海边，眯起眼，手罩在额下。海鸥飞翔，渔帆点点，苍茫朦胧，海风里夹着鱼味盐味。他温柔地抚摩小女儿的头，哈下腰，一手指着远处说："海的北面就是唐山。"

小女儿问："什么时候回去？"

他回答说："南风起。"

女儿问："什么时候南风起？"

他苦笑，说："等爸有钱的时候。"

那还是十多年前的事。遗腹的女儿，已过了周岁。她捧着他的骨灰要去安葬。过来一辆辆的士，她不坐。一辆比较好的，她摆了手了。人问她原因，她悄声说，他就喜欢好车。

墓地选了离他父亲之墓较近的地方。她说，他能望见他父亲。临走，她拿出自己在家里蒸的几个包子，供在墓前。婆婆想起儿子生前爱吃包子，车祸亡故时，随身带的食品袋中，还有从家中带的几个。

白发妈妈呜咽了。

一日去早市，未到市口，忽听见有流畅的二胡声。近前看，一些人围着两位盲乐师。他们并未摇头晃脑，却是真投入，忘了身处何地，进入音乐意境。拉的是《江河水》吧？不懂音乐，直觉江河之水在心中流过，心凉而颤。老妻本想挤进去，投一硬币。我说何必挤，回来吧。

回来时，音乐声没了，盲乐师也不见了。

据说仙人球之属，可净化空气，买了一株名金虎的栽了。生命力强，买时根子干干的，未几日，碗大的一团便焕然一新，刺猬般的针，放射得令人生出戒心。

花盆的边上，有一株纤细的嫩芽挣扎出土来。外边已是落叶飘零，满眼枯黄，这无名的苍白的芽哪舍得拔去？不几天长出来小叶子，竟然枫叶状，知道不是草了。东北未给暖气前的半月，屋内阴冷最难熬，它发蔫了。忙把花盆移至可见几小时阳光的窗台上。

居然又长两片叶！在密密麻麻的针刺中求生，大孔小孔每片上都有。不几日它躲避着斜逸出去，竟长到两拃多高，高过了那金虎。叶柄与茎间，长出累累的骨朵。可算盼来暖气，一天清晨，它开出第一朵豆粒大淡紫色的花朵。这给我全家以活跃与喜悦。

如今，这喧宾夺主的小生命，已经结了许多的籽儿。

真坚韧！这籽儿要留着，明年再种。

壁东芳邻，是省文联。童话般几幢斯拉夫式小二楼，掩映在古树树林中，原是苏联领事馆。近日已腾出来，文联搬家，新户未进。静悄悄的，空空落落。一天到收发室取邮件，想到在此院上班十几年，以后说不上能不能再进去，就到院里走走。

守院的人，蹲在甬路上，探着头向丁香丛根部看什么，还伸进手去。我当是什么，原是一只小鸟，嘴尖而软，是吃软食的。扑翅也无力，眼半闭着。看这守院的是个爱鸟的人，笼里还养着两只鹦鹉呢。但手掌上的鸟，他似乎爱莫能助，用一根指头摩挲一下小鸟羽毛，又放在原处了。

已是秋季，候鸟南飞，只遗弃了它吗？伤了？病了？不论伤病，哪怕小伤小病，只要暂不能动，亲鸟、同伴只能弃它而去。怪不了它们，无能为力，鸟兽可怜。

人进化了，人真是幸运得多了。

但愿人别失去互爱，不然无异于鸟。

拜　年

大年初二，给班主任汪老师拜年，七位男女同学，还有一位马老师比汪老师小一岁，也来了。今年拜年来得齐，还有一个原因是庆贺老师乔迁。虽不常见面，却无寒暄，同学间直呼其名，好像刚听完课，从那间红瓦房教室走出来一样的感觉，轻松愉悦。大家你看卧室，他看厨房，连洗手间也不放过。回到方厅七嘴八舌，评论采光，评论设计构思，评论装修风格，你说一句，我便抢过来。汪老师就坐在正面沙发蔼然微笑，不时点拨一两句。

往年拜年，老师住两居室，来人多了显得挤，坐坐也就走了。今年，汪老师夫人精心为我们准备一桌佳肴，是他们家乡杭州风味的。学生是黑龙江人，自然感觉新鲜。其中"干菜肉"更是大家从未尝过的。老师说，这是他家乡的普通菜，干菜要制造得法才好吃。须是去年秋天，将雪里蕻搭于少许遮阳处，慢慢晾晒，晾成黄叶为好。特殊腌制后再晾晒，用时发好。五花肉走油，入菜加相宜佐料清蒸。过去无冰箱，此菜可两三天不变质、不走味，为他菜所不可及。

师生皆不善饮，尖庄还剩大半瓶，倒有两三位脸红到脖子，其余也酒未酣而耳热，皆争叙当年师生间纯真情谊、趣事。汪老师说，他与一位冯老师，一同来到不通火车的巴彦县教书，彼此戏称马二、王三，都穿一件当时少见的红毛衣。有本地老师悄悄说，脱去，影响不好。马二、王三没有脱，那位提建议的老师却遮遮掩掩穿上一件，也是那样红的。南方到北方，秋天没到就冷得缩脖子搓手。教语文的回民马大姐，自己几个孩子的棉衣没忙完，就先给他做一条厚厚的棉褥，一方椅垫。至今，那椅垫还在呢。

高中信说："汪老师，你那时好打篮球，技术不错，投篮挺帅的。"

汪老师说："可是我抢不过你。"

我说："汪老师你跳过新疆舞，记得不？"

我做了个晃脖子的动作。老师就圆熟地重复一下，大家开心地笑。

老师说："屈兴岐你高一退学，我写信往回找你，你记得不？"

我有些依稀之感，很为他还记得那么清楚而感动。

念书时就内向的老张，笑意一直在脸上溢漾，却很少说话。他说："我给老师念首我写的诗，叫《陨石》。"

他就谁也不看，低着头，喃喃地念。于是，那陨石穿过大气层，燃烧出壮丽的光芒，便划过天空，留于脑际。我想，会久远而明晰。不用讲明，那是真心称赞老师的。感动与沉默。忽然鼓起掌来，那么热情。

汪老师忽然想起远在关内的一位同学，想起他们的一次谈话。那位同学当时含泪说："人间没有真情！我爸打我妈，就像打一头驴。"念完三年高中，他又说："要说人间有真情，那就在我们班！"

老师说话思绪跳跃，说："我这次买房，一时缺三千，王文简那么清苦却拿来五千。还时还说不要。"

一沾酒就红脸的王文简，好像老师说的是别人，一言不发。

大家说："老师不找我们是偏心吧？"

老师说："咱班真情至今仍在！"

乐悠悠回来，一青年熟人说："屈老这么冷的天还出来走？"

我告之给老师拜年去了。

他有点儿惊奇。"老师是谁？"

"教育学院汪永昶教授也。"

"学生是谁？"

"工大林大科大几位博士生导师、教授也。师生情谊结于五十年前。"

这次散时大家有约，明年还去拜年。不过不能再在那儿吃饭了，免得老师太累。

红 T 恤

病室凉，老人的儿子取一台电暖气来，小小的，不占地方，却日夜开着。

老头儿咳嗽、腿脚浮肿、恶心、厌食、嗜睡、极怕凉。打点滴时，大儿子光伟灌来一瓶热水，焐在被窝儿里。老头儿说药凉，光伟将导管用手掌按在自己脸上，不久发现，这样易形成细小气泡，就双手去焐吊瓶。第二三天吧，要会诊，需过去的资料。光伟拿来七八张片子，都是按日期排好顺序的。还有一个十六开的大本子，上面规规矩矩地贴着各种检验单，空白处他写有记录。过去几年，各种检验指数变化，大夫问时他顺口便可答出。那些报告单里，有好几张，是他经过胆战心惊的等待，才盼来的。有好几张，经过再次检验，才得到好结果。

那一次，一专门医院有位大夫，判定老爸得了肺癌。

老头儿太瘦弱，大夫问："家住几楼？"

他说："六楼。"

211

"能上下楼吧?"

"能，能，前不久还和老朋友们一块儿唱京戏呢!"

"那过了春节就手术。"

另有几位大夫摇头，认为不是。一家大医院新引进一种验血方法，那机器屏幕上，一个标志点"蹦"二十八次以上，就可确定不是癌。他请弟妹（护士）在家里给老爸抽了血，放在贴胸口的衬衣口袋里，开车赶去化验。蹦了二十八次，他还求人家蹦，又蹦了六次，他才长出一口气。这回又拍片子，他等一个小时结果，回来对姐妹们说:"咱爸真是不倒翁，没事!"

老头儿浮肿消了些，咳嗽也见轻，有精神唠嗑，说年轻时身体好，从道外去王岗，车子一气蹬到。抗洪卸土，四个人卸一火车，累吐血还接着干。孩子多，生活苦。三年困难时期在粮库工作好，现在不行了，看病只报药费的一半，我还不让孩子去报，检查手术什么的不管，单位太难。我说剩下的就儿子报，他笑笑说可不。那时分些土粮，孩子们把成粒的挑出来给人吃，剩下的喂鸡。孩子们糊精盐纸袋，一个几厘钱。在院里放张桌子，姐几个分工，手指磨出血印了还唱歌。五个孩子下乡仨，回来不错，四个国营，最疼的老姑娘大集体。老头儿干部职务改成工人，老姑娘接了班。孩子们知道疼爹妈。大女儿给妈买个电子血压计，上千元。大儿子光伟买了电子洗脚盆，置了龙电花园一套高层，给父母留一间最大的向阳房间。住一冬，室温始终调到二十三摄氏度。光伟的捷达王，让人空着开到老家烟台，他陪父母坐飞机去，下飞机为父母开车重游故乡。新近又买丰田，为的是座位能起落，父母坐着方便。旧的给了姐姐。他开坦克出身，还是开一号首长的指挥车，自然学会进退有据。但是现在开车，养成又稳又慢的习惯，原因是老妈晕车。

咱爸咱妈咱姐咱哥，小哥几个相互间说话，这样称呼他们的亲人。老妹妹脖子上有一点儿异样，哥哥领她到前面的门诊去看，回来说没事。姐姐说怎么没看咽扁，立刻领妹妹又返门诊。一个小时后，姐俩满面春风地回病房。有哥有姐的，让人羡慕。

那一夜，我住在家里，早晨进病室，知老病友一夜病情有变，高烧痰喘昏睡。氧气瓶、心动监护仪、吸痰器、雾化器都有，不断增加吊瓶，像是在抢救。

女儿、儿子为护士静滴找不到血管而急得满脸汗。接着是会诊。稍安稳后，大女儿便吩咐弟弟、妹妹，要明白向领导汇报，集中利用每人每年的十五天假期，免得领导为难。然后给大家排了班。她与光伟则大部分时间都在。病人插鼻饲管，昏睡，一度大小便失禁。大女儿喂流食、喷雾化药、接大小便、撤换脏了的尿布，与弟妹一起扶起病人，叩背排痰。撤换尿布时，她发现，老爸下身有水疱，找大夫一看，果然是药物过敏，立即换了药。午间，才想起早饭还没吃。一双高跟鞋有些夹脚。见了来探病的至亲好友，她禁不住在室外泪流满面。邻病室老病人们说这姑娘好，谁也看不出，她是市政府握有重权部门的一位官员。

今年气候暴冷暴热。光伟冷热就是那件老红色 T 恤。他立了一个记录本，病人体温、脉搏、血压、进食饮水量、排尿量，还有用什么药有什么反应，都一一记明。有一次他没在屋，三妹给病人量体温，二妹记录，三妹说，写三十七度多一点点，二妹说不准，要写三十七度一不到，这与光伟的一丝不苟有关。病床可摇起，弟、妹摇得快，他忙拦住说要慢，不然咱爸会感到天旋地转。喂食管一定要保持干净才行，他医理分析得挺有"独到见解"，他姐就说，听爸爸的听大夫的？他便低下头不再说。病人要靠着儿子坐坐，他很乐意地用肩膀抵着老爸的背，下颏搭在老爸的瘦肩上，两眼充满温情地望着什么。父子就这么默默地坐着，那一刻应该是世界上最温馨的。如果拍下来照片，可以在父亲节上展览。天有时候忽然就很凉，他还是穿红 T 恤，我说换件厚的吧，他不大好意思，悄声说想要"冲一冲"呢。我想他不是信这个，那是企盼，讨个祥和吉利吧。

病人昏睡，模糊地说句尿尿，三四个儿女便同时奔向床下溺器。护士来测脉搏，对病人说刘老，动动眼皮。眼皮一动，床前亲人的脸立刻像乌云一闪，出了太阳。赶上憋痰，可算一下咳出，大女儿就夸说看咱老爸多好。静点找不到血管，她就"埋怨"老爸，一个大男人，血管长这么秀气干吗？有个空当，儿女都没在床前，老伴儿摸着老头儿的手，伏下身轻轻说，你怎么不睁眼，不看看我？迷迷蒙蒙的眼，就有了泪。

我住了二十天，要出院。光伟说，屈叔留个地址吧，将来我想我爸，我好去看你。眼圈儿有些红。我虽劝慰他，心里也觉没底。

过一个多星期，心有些惦记，趁到医院开药的机会，去看老病友。老头儿挺精神，正倚着大儿子坐着。病室顿显清净利落，抢救器材全撤了，药也只打一种了。老大嫂告诉我，老头还问：我抢救过吗？她边说边笑。告别时我说，老大哥，好好养，出院还能唱京戏。光伟就在他老爸背后笑，他还穿那件红 T 恤。

门球场情趣

家居七楼，从北面阳台顺眼望下去，是铁路局的运动场馆群，很大的一片。网球往返拉出来的优美的弧线、游泳馆窗内折射的闪烁变幻的波光，居高临下地远远看着，别有情趣。不过，最吸引我目光的，还要算门球场。

门球场露天，长方形。北邻网球场，隔一道墨绿色的高高的钢丝网墙。网下放一长串靠背椅，椅子的坐板，人一离开就立起，显然是剧场淘汰了，他们利用起来的。东邻宏伟的游泳馆，墙根种花。南面是一道长长的红砖墙，猜想墙下也有靠背椅吧。从我家阳台上看不见，红墙墙头遮住了视线，只见墙挡住人，又出来人。西面用铁瓦搭棚，避风遮阳，还摆了一溜儿白漆桌子，权当看台、主席台。

场地利用率极高。春秋气候宜人，天刚放亮，就传来清脆的击球、球撞击的声音，到天黑这声音方渐渐隐去了。一整天人不断，场不闲。

铁路局离退休老干部、老职工，喜欢门球运动的，轮着班，一组刚离去，另一组接上，从从容容，悠悠闲闲，有条不紊，交接自然，未见过紧张忙碌的时候。这让人想到，老人们大半生是受铁路严格的时间观念、组织纪律训练的。不仅从轮流用场地可以看出这一点，大家轮流来场地服务，也是按部就班，就像仍有调度指挥一样。比如夜里忽然落了一场暴雨，第二天很早就会来一两个人，不紧不慢，把水上漂浮的木板、水桶推回原位，拿锹轻轻拨出一小沟顺水，待到水放尽了，场地沙滩般露了出来，放水的人，便贴着墙根走出场去。一两个小时，场子看看将要干了，又回来一下下地筛沙，不大的长方形筛子，一端支一根细木棍，一端手推着前后晃动，黄黄的细沙，就晃动着 S 线撒下去。筛一小堆，拿方锹全场均匀地抡上一层，再拉一个直径五六十公分的铁碌，将浮沙轧到场里。铁碌后框拖一段厚防水布，碾过后，留下的是奇妙流畅的线条。记得那一年去日本福冈，住大丸别庄，清晨在不大的庭院园林散步，小径上的细沙都精心拉出了自然的线条。比起来，这时的门球场毫不逊色。

如果冬天夜里有雪，雪在早晨一停，便有人扫干净了。有时扫过了又下，别处积雪茸茸的、厚厚的，场上却薄薄的，隐约露出地面的颜色。

即便不遇雨雪，也有人提前来，用抹布将"主席台"上的白漆桌子、老电影院式的椅子擦拭干净，球场四周的白线也要修理整齐牢靠。

看样子场地无专人管理，却又时时处处有人管理。

正对主席台、游泳馆的墙根下，年年有人栽花，那大半是在春夏之交雨蒙蒙的天气里。一顶草帽压着白发，像玩兴正浓的孩子，专注又认真。夏天，牵牛花在网墙上织层新网，五颜六色的波斯菊随微风摇曳，秋日，则有大丽花红得耀眼。

场内，不光开花时灿烂，一比赛，周围彩旗飘飘，也很红火。而比赛也比较频繁。最让楼上我这个观众感动的，是参加者的郑重和认真。各队都有自己的运动衣帽，号码鲜明，列队整齐，严格服从口令，有做不到位的，还要受同伴埋怨。裁判员向专业看齐，跑步、移动、立定、手势、口哨，处处规范，精神抖擞，大有铁肩担道义的气概。有一次是全局离退休干警比赛，领导讲话挺有意思，其中有几句说：重在参与，重在友谊，都七老八十了，能打就打，打不动就拉倒，别互相埋怨。说得实在，我在楼上听了，却忍俊不禁。

如不是事先约好集体活动，平时也不是全来得那么齐，四五人、两三人都可成局，一个人练习，也饶有兴致。曾见一人，推着坐轮椅的老伴儿，推到主席台后，给老伴儿腿上盖好毯子，他就下场，一个人瞄准射门，姿势优美地击球。轮椅上的老伴儿，还不时指指点点。

有的左瞄右瞄，打出去看着滚动的球有些偏，他（她）就使劲往另一面转身子，好像这样能将那球拽过来。终究没有纠偏，他不自觉地双脚一跳，哎哟一声还拍大腿。几十年前的童真童趣，又回来了。

有的场内指导，跑过去急头白脸地教人家怎么打怎么打。

有的场外指导，忘我地大喊往左往右。

争吵起来骤然爆发一阵大喊，不过，从不持续，像三伏天的雷阵雨，来得猛，去得急。

一个球出乎意外的偏离会引来一阵惋惜之声。

一个球出乎意外的好会引来轰然一阵赞叹。

时间长了，我不用低头往球场里看，坐在屋子里闭眼听，就可判断球场情形。此时有声胜无声。你看，我这观众的童真童趣，不也回来了嘛！

灵　犀

绘画？雕塑？建筑？

好像都不能容纳这一门类。

然而，它的确是艺术。

我倒是远远见过两位从事这艺术的艺术家。

我住的七层楼，从阳台向西俯视下去，一带红砖墙的那边，是一片很开阔的场地。场地内有一个露天的有灯光设备的简易篮球场。用十几级木台阶做成阶梯式看台，同时也就成为高而且厚的斜坡围墙，故而自成门户。

从我这阳台看下去，篮球场很像一只深盘子，椭圆，黄底蓝边儿。我猜想如果从更高处去看它，或许可以像把一块平板巨石抛进湖里，刹那间激起一圈圈规则的浪环。

运动员的呼喊、裁判员训练有素的笛声，就如同从海洋深处传来，有些沉闷。工作累了，也就踱到阳台上看看。观众不甚多，但有红、蓝、白、黄各色赛队，轮番角逐，驰来骋去，倒也热闹红火。

电视上国内外名将比赛看多了，对这样的比赛自然也并无太大兴趣。

倒是散了场，留下来的两个人，让人忘不了。

有一位一顶大草帽遮住了脸和上半身，又高又瘦，穿条肥肥大大的工作裤，走起路来晃晃悠悠。另一位戴一顶旧制帽，黧黑的脸和脖子，矮个子，慢条斯理。

是两位维修看护球场的老工人。也许原就是干这活儿；也许退了休，儿女顶替，想多拿些补差，补贴越来越高的生活费用。

球一散场，果皮乱纸不少。如果运动会用场地，麻烦事更多，空中的红、绿纸旗要扯下来，黄土球场，破了皮的地方、凸凹不平的地方，都需整理。

面对这烂摊子，两位却慢悠悠的，从从容容。

先从最高一个浪环扫起，高个儿的在前，矮个儿的在后，一下一下地扫。看来不快，每个动作却都很准确，力量与热能毫不浪费。我回屋说几句话，办点儿什么事，回来再看，好，球场已经焕然一新了。

遇到天热，土场子太干，两位便用大喷壶洒水。后退着走，高的在前，矮的在后，水洒得均匀，节奏悠缓，动作协调，一去一回便完工。那场地上隐约可见四道弧形条带，如同四条小溪，沿着相反方向缓缓流动，荡起涟漪。

洒了水，坐在台阶上卷一支烟，欣赏场子里的弧形图案。待那小溪隐去，水与土合为一体，矮个子便小心地蹲下去，伸出两指按一按，指头上不沾水，也不沾土，这让人联想到名厨品尝自己的佳作。好，正是火候。

该把已模糊的白线重新画起。这更是一绝。高个儿的画直线，矮个儿的画弧线。每人左手提一灰浆桶，右手执一宽窄与白线相同的长柄刷子。以细管相连，刷子便成了自来水笔。调匀灰浆，站好位置，如同气功师傅一样凝神运气。抓住良好的自我感觉，就大踏步后退着画下去。

一口气儿，一条边线出来，一条弧线，一个圈圈儿画出来。不消七八分钟，四条边线、两条三分线、两条三秒线和一条中线，及争球的圈，魔术一般全齐了。不斜、不歪，不宽、不窄，不浓、不淡，不深、不浅，一如天成。

慢悠悠收拾工具，退出场子。阳光下，场子里显得很整洁干净，也很宁静，就像刚建成，从未用过。

这篮球场，是铁路局体委的，好像并未举行过高层次的比赛。然而这两位却是十分认真，要求格外严。干不行、湿不行，软不行、硬不行，不平也不行，每每打过几场要小修，打过十几场要大修。大修的时候，可是更见功夫的。

还是先洒一遍水，洒得比平时多。洒过了，便去场外拉沙土，沙土经过细心配兑，比例合适，细细地过筛，用小车推到场子边儿。

大个子推车，小个子泼土，说是泼，是不错的。事先把板儿锹磨个光亮耀眼，一锹戳去，土不多也不少。刹那间两腕一抖，锹面横立在离场地一尺多高的地方，压低手后，扫一弧线，土便倏地泼出大约两尺宽五尺长的一条浅黄色的弧形来。退一步，又一锹。天衣无缝，浑然一体。泼完了，均匀整洁，颜色深浅如一。难为他是怎么练的？庖丁解牛，不过如此。

土泼过了，他们用弹性适度的扫帚，轻巧地扫一遍，手法极轻，灵巧细腻。遇有稍大颗粒，就摘下手套，慢悠悠捡起，细细捻碎。

淡黄色场地上，有他们几行颜色发白的脚印，蹒蹒跚跚，如同一幅印象派的画。你去凝神细看，总感到有触动心灵之处，愉悦之中，流动着几许赞叹，豁朗里边，渗透一丝迷离。

需要碾压、晾晒，才可画线使用。专用铁碾，必先打磨刮洗一番。高的一位推铁碾子框架，矮的一位弓腰拉套。压过去，场地颜色浅了，脚印也便消逝。

草帽、制帽、肥裤管、铁碾、绷直的绳套、弓着的腰，这一切都慢悠悠地移动。

大修以后的场地，像阵雨过后的天空，也像一块刚刚轧制出来的色泽柔和的钢板。

自然，这两老也并非总是这样不急不忙。暴雨来临，他们立刻年轻矫健了许多，如同风浪中的水手，敏捷利落，干脆洒脱，几个大幅度的动作，便用防水苫布把自己的杰作苫好；雨过天晴，又不失时机地拉开去。

许多篮坛名将也许开始时都是从这样的场地起步的吧？

看他们"创作"，常想起许多艺术大师们的逸事。达·芬奇画蛋；福楼拜的灯光；凡·高一生只售出一幅《红色的葡萄园》，在贫病中用短促的生命去征服艺术女神；歌德锲而不舍，一部《浮士德》写了六十年；亨利·穆尔以圆为主要构架雕塑的大量杰作；还有毕加索的几何图形的名作与那只和平鸽子……

　　说不定，命运原就给这两位无名的球场工人选错职业，不然，他们也许会出大名，当大师。他们不一定知道那些大师，可是他们与那些大师的灵性是相通的。

酿

对面的两个中年女人，忘了火车上的拥挤，上来不久，见了车窗外稻田的金色，就走进她们自己营造的语境中去了。白皙文静的年岁大些，慢声慢语的，是主讲。微黑健壮的，不时提问。

文静的女人说："你家的冰箱多少升的？"

对方说："谁知道多少升的，反正挺大。"

文静的女人说："过冬前可以存些青苞米、豆角。"

问："怎么个存法？"

说："黏玉米烀熟晾凉，豆角过油晾凉，裹好保鲜纸放在冰箱里不用管它，用时拿出来做就是了。"

说："数九天，外面飘着大雪，吃青苞米炖豆角，会回忆起秋天的情境。"

由青储豆角说到小菜。

"秋天里，可做些小菜儿，现在正好菜蔬上市，品种齐全，价格便宜。油焖尖椒可以先做。千万要依家人口味选辣子，颜色红些绿些还在其次。做法有两种，一种，先轻轻过油，用好酱油腌制，放在凉爽地方就行了。另一种，直接用酱油煮尖椒，放一些牛肉丁，格外有味儿。"

看见车窗外田地里，有玉雕一样的大白菜，文静的女人说："腌酸菜有异味儿，不如做朝鲜辣白菜好。"

微黑的女人问："怎样做？"

文静的女人便说："将'核桃纹'（秋白菜的一种）去根洗净，一剖两半，扒开叶子，撒适量的盐，放六七天，去白菜水味。然后，用清水洗净，将蒜花、红辣椒粗末、姜末、白糖、精盐拌好，分层撒于大白菜叶内，盛于容器，放入一两只切开的国光苹果和白梨，串入清香气味，半月就可切了食用。红白绿相间，酸辣咸兼备。其他如雪里蕻、甘蓝根都可拿来做小菜。"

微黑的女人拿出瓜子、葡萄，两人吃着。

说："张姐，你们处的玉芬夸你的葡萄酒酿得好，可怎么个酿法？"

文静的女人说："一定要选新鲜、干净、粒大的，洗净晾干。将葡萄粒挨个捏张开嘴，放入可密封的容器内。十斤葡萄倒入半斤上好的白酒，其实多倒些少倒些都可以。密封半个月一个月的，看葡萄粒慢慢地浮起来，就是发了酵，过滤了，就好了。存放在阴凉处越久，味道就越醇。"

下了火车，出了站，第一眼看见的就是老朋友的笑脸。他说侄女买了新房子，装修好了还没搬过去，咱们就住在那儿。二室二厅，收拾得干净利落，纤尘不染。实木家具，书架更吸引人。四格，靠左手儿由上至下，由婴儿到小学生，摆着的是她儿子的小照。各格书前，摆着的小熊啊、小松鼠啊，自然有情趣。看来很随意，可是只要你稍一移动，那情趣就踪影皆无，那些小动物，也就没了生气。看来是给孩子住的小屋，先让我住了。连笔筒里的铅笔，放得也灵动。特别是桌上摆了一本稿纸，放在右手笔筒前，不仅周到，位置也十分和谐。厨房里一块玻璃，打了个小洞，不是方纸一糊了事，而是将两条纸四端撕成星光状，交叉糊上。看得出就是临时性的装饰，也力求和谐自然，或许也非有意，那是来自审美素养的。

朋友的妻子，商海得意，是个准 CEO（首席执行官）级的人物，从汕头飞回。下飞机后，两部手机就不时地响，接了这个接那个。这么忙，她却没忘记中秋快到了，给每家亲友都带了一盒月饼。

细细想想，哪个家庭的温馨与甜蜜，不是由女人、生活、时代酿造的呢！

三个"兵站"的站长

二月天，小兴安岭是个到处闪光的白银世界。只有脚下的路，像一条浅黄的巨蟒，一直钻进了远方苍翠的松林。天黑时，风小下来，似乎暖和些了。过一会儿，却悄悄飞舞起鹅毛大雪来。前边的路，渐渐和苍茫的暮色、银白的山岭融合在一起了。我暗想："虽然据说这附近有人家，可大雪天哪儿去找？露营我是有经验的，生起一堆篝火，往皮大衣上一躺，在雄浑的松涛声中入睡，也是件极畅快的事呢！"

我打开手电去掰干枝。突然有一盏红灯在前面闪烁。那灯光下的什么地方，一定会有一个小小的旅舍、一铺热乎乎的火炕，还有那透着柴烟香味的气息……我抖擞精神，急急地向灯光奔过去。

"什么人？"森林中发出从容、洪亮的问话。

我一怔，随即敏捷地隐在一棵大树后。一想，问得这样沉着，也许不是坏人，就说："我因公出差过路的，你是什么人？"

"我呀，守林的。拿介绍信来我瞧瞧。"说着话，手电唰地射过

227

来。嗬，他目标摸得真准啊。

他大约看清了介绍信和我本人，忙把大枪背在肩上，照我的肩重重地拍一下，响亮地说了声："同志！"

这一声"同志"听来是如此亲切，我问道："同志，这儿有客栈吗？"

他"呵呵呵"大声地笑起来，枝头上几只栖鸟忒棱棱飞了。我后悔不该用"客栈"这不恰当的字眼儿。

"'客栈'没有，'兵站'倒是有。"

"'倒是有'，能有几个？"

我们踩得雪路嘎吱嘎吱地响。

他半天才说："三个。"

我心里话："没听说过这儿有兵站，就有，一个够了，怎么能有三个？"黑夜中看不清他的表情，听声音很认真，并非玩笑。我半信半疑地跟他走，一会儿就出了林子。

我方才看见的那盏灯，是高高挑在灯笼杆上的。灯光只能照亮一幢小窝铺的前半部，那后边就和雪夜凝在一起了。这位同志一拉门，一股热气扑面涌过来。堂屋里，一个大铁汽油桶做的炉子，炉火正红。枝丫截成的柴，毕剥爆响。里屋至少有两三个男人睡熟了，发着粗犷的鼾声。

他放轻了脚步，告诉我："两个先进生产者是到南坡开会去的，一个是小通讯员，都走乏了。"

他点着煤油灯，屋子里很亮堂。四壁厢雪白，北墙上悬着一张玻璃镜框镶着的毛主席像。相片下边，贴着两张大红纸，写着苍劲的"光荣榜"三字。字下面，是六七张贴得不规则的奖状。看来这森林守卫站一定有不少人吧。又仔细一看，受奖者名字不同，可是都姓梅，有一张是某医院发给梅迎春护士的。再往下边看，我心里一动，是我工作过的一个林业局奖给梅宏志的。梅宏志我认识，是省、特区的劳动模范，可是他的奖状怎么跑到这里来了？我正莫名其妙，那位同志进屋了。

"饭在锅里，你自个儿去拿。"

原来这是一个五十多岁的老人。他头发花白，脸膛红黑，两道浓重的刷子眉，一双智慧的眼睛，大鼻子，大嘴，一看便知是个热情豪爽的人。

他看我往墙上瞧，也往墙上看了一眼，然后又迅速看看睡在炕梢的一个小伙子，说："这小子给他们打抱不平啦！"说着，把那些奖状拿下来好几张，卷好，放在一个抽屉里了。

我看看那个"光荣榜"上就剩中间两张了，更不明白这老头儿是怎么个意思，便说："老大爷……"

"我姓梅，你叫我老梅同志吧！"

"梅宏志是您的……"

"那是我老二，你认得他？"

嘻，原来我遇上的正是有名的老梅头儿。

我说："我们很熟，过去在一个局，他的相片都在光荣榜的中间，怎么在你家里放在最后，还要拿下来呢？"

"放在毛主席像下的，得进过北京，亲自见过毛主席的才行。他呀，还差得远。"

229

我自己去拿饭，肉炒黑白菜，暄腾腾的大馒头。老梅同志做的伙食还不坏呀。吃了一口鲜美的白菜，才想："这儿离南坡的林业局八十里，离北坡的村镇九十里，只一条羊肠小道，这样白菜可是怎么运来的呢？"后来想起，他说这儿有兵站，那还能不运白菜来吗？

吃饱了饭，脚疼得厉害，大约起了几个泡。坐在那儿，懒得动一步。

老梅同志说："得好好烫烫脚！"

"累得要命，算了吧！"

"越累越要烫，脚上有泡更得烫。"

我到外屋找半天，也没有开水。

老梅同志说："水桶在墙根上，出门往左不远就是泉子。"

我冒风雪挑一担水回来，脚下实在疼得凶，我心里埋怨："这老头儿对儿子要求严格惯了，对别人也这么严格！"本来几十步的路，现在比走几十里还艰难。可也有好处，一放下担子，脚就不疼了。心里想："这一锻炼，平时连挑三二十担是没问题的了。"我一面洗脚，一面琢磨："炕上就剩一个人的地方，我可睡到哪儿呢？"洗完了，倒了水，还是呆呆站着。

"睡呀，瞅什么！"他指了指炕。

"您不是睡在这儿的吗？"

他扑哧笑了："你啥时见过'客栈'老板蹲大门洞的？我那屋里有地方。"

他帮我放好行李，哈腰从炕根拿出一些软绵绵的乌拉草，往鞋上绑。

"您绑这个做啥？"我很奇怪。

"嘿嘿，去打一个野猪待客。"

"明天打不行吗？"

"不赶趟，明天客人就来了。"

夜里打野猪，是件稀奇事。这时，我痛呀累呀竟全忘了，忙对老梅说："我跟您去看看，行吗？"

"是一个孤猪，凶得很，你死我活的事，你敢去吗？"

我想："这老同志也太小瞧我了，好歹我也在林子里跑过十多年了嘛！"我二话没说，鞋上也绑了草。他递给我一杆扎枪。

说不上什么时候雪停了，风也停了。月光朦朦胧胧，森林、山峦若隐若现。我跟着他，轻抬脚，慢落步，悄悄地来到目的地。

先觉得很有趣，树枝嘎巴响一下，我就是一阵心跳，以为那东西来了。后来渐渐等得烦了，后悔起来。我悄声说："怕是不会来了吧！"

他一摆手，不叫我说话。

我们并肩趴在一棵倒木后边，两眼在林子里搜索。他很安详，那割肉刺骨的寒冷，好像没有冻到他似的。

好不容易又等了半小时，野猪还没来，我说："我自己先回去吧！"

他使劲按了我肩膀一下。我想："这老同志打猎的瘾真大，放着暖屋热炕不睡，跑到这儿来烙肚子。"我不好意思影响他，只好硬着头皮趴下去。渐渐眼皮打起架来了。

忽然，传来一阵哼哧哼哧喘的粗气声。我睁眼一看，哎呀，月光下，一头和牛犊子那么大的野猪在那拱什么呢，眼睛闪着蓝光。我脑袋轰地一下子变大了，常言说，一猪二熊三老虎，孤猪常跟老虎打架呢。

老梅同志的猎枪是"单子铳"，打虎不死，反会伤人。

我忙悄声说："别打，别打。"

这一说，那猪"咳"地叫了一声，抬头竖耳。

正在这节骨眼上，枪在我耳边响了。那野猪一跳多高，咕咚一声就摔在雪地上不动了。

我擦擦头上的汗，说："好险！"

他说："你要是跟它'和平共处'可就太险了。"

我们小心翼翼地打开手电一看，果然死了。这家伙足有四五百斤。

我说："任务完成了，咱们走吧！"

他转身到树后拉出一张爬犁来，说："拉上。"他可真是喂了窝子，早准备好了呀。

我们俩费了好大劲才把野猪抬上爬犁。下坡还省力，可是上坡，越拉越沉。我听见他嘴里呼哧呼哧喘气，头上腾腾冒热汗，可他还是一步一步往前拉。猛地脚一滑，他跌倒了，爬犁往下出溜，我俩下死力才把它停住。

我说："算了，天亮了，喊大家抬回去得了！"

他说："冻一宿得化两天，明天吃不上了。"

我说："什么客人，费这么大劲呀？"

他说："也是平常客人，北坡局里五个工人工程师。"

"他们一起来吗？"

"对了。他们听说有人不但拿咱们的‘相眼'，还找一个兄弟国家的别扭，把林业专家撤走了。他们说：‘别的战线他拿不倒人，这，他更拿不倒人，我们去！'这样人不该吃野猪肉吗？"

我真为方才自己的思想和行为惭愧，忙说："太应该了。这么办吧，咱们割开皮，割一块好肉下来，剩下的明天拉。"

他说："那，肝花五脏他们吃不着啦！"

于是，我在前边拉，他用木杠在后边㧐。每走一步，他付出多么大的力气和汗水呀。

回屋躺下后，一下子睡不着，一遍又一遍地想着这个老梅同志点点滴滴的事迹。这还是三四年前，我从他儿子口中听到的。

他很早就在这一带山里从事抗日活动。有一次，抗联党组织的一个联络会议刚散，他在森林中碰上了一队日本鬼子。他路熟得很，要躲过他们很容易，可是这样，敌人很快就会扑向其他同志……于是森林里响起了一声清脆的枪声，一个敌人倒下了。打了半天，估计同志们可以安全脱险了，敌人也逐渐围了上来。他站在陡峭的悬崖边上，顽强抵抗。

这时，远远看见方才开会的几个同志又折回来了，他心里一沉。他想："同志们一定会不惜一切来救我，一旦他们发生意外，党的指示谁来贯彻？"他立即向敌人摔出一颗手榴弹，挺立在悬崖上高喊："同志们，永别啦！"纵身跳下了悬崖……

他清醒后，已经在监狱里。一条腿摔断了。敌人把他囚在"独居"里，戴上二十四斤重的镣子，冬天，裤腿撕到膝盖，铁窗上不

233

给糊窗纸。可是他不叫一声苦，不喊一声疼，不说一次冷。他来回踱步，锻炼身体。镣子咣啷咣啷在整个监狱里响。这响声，是对战友们战斗的号召和鼓舞，这响声，使敌人惊心丧胆。个别有点儿民族良心的伪军看守，不敢正视他正义凛然的目光，悄悄多送一份饭给他，可是他转送给那些病弱的政治犯，还对他们说："要吃，要活着。日本帝国主义还要在我们手里消灭呢！……"

在支援朝鲜人民反美战争的担架队员中，他大概是唯一腿上有毛病的吧！在风里雪里，他抬着背着受伤的朝鲜孩子、老人和志愿军战士，艰难地迈着他的伤腿，一步一步，又一步。他明白，不消灭美帝国主义，全世界人民谁也过不着好日子。

以后，他又回到小兴安岭了。

有一次，他领几个同志去原始林里踏察。迷了路，两天多没吃到粮食，一个同志捡了几个松塔给他，他沉思着说："一颗松子，就是我们子孙的一棵大树呀！"这一说，同志们谁也舍不得吃了。以后，这句话就在小兴安岭流传了开来，成了林区人的口头话。那几个松塔呢，真的成了一片小林子，很青翠很青翠的小松林。

"老梅同志，老梅同志！"

有人摇晃我。我把蒙在头上的大衣一拉，晨光已经涌进窗子了，一个小伙子正对我脸喊。他一见是我，怔了，随后又憋不住笑："真对不起，我哪知道是偷梁换柱？"

我这才知道，原来炕上就只这么一个铺位了。我砸了一下脑袋，骂自己一句"真该死"，忙着跳起来穿衣服。

小伙子说："已经睡完觉了还忙什么？其实实际情况是常有

的事。"

我问："那他睡在哪儿呢?"

他说："一会儿我告诉你。"

小伙子是通讯员,和老梅在一个局工作,很爱说话。我告诉他老梅拿下奖状的事。

小伙子说："这老头儿家里这个'光荣榜'的条件可也太高了,连省级劳模也上不去,明天我还得把那些贴上。"

我想起了昨晚睡前想到的一个问题,就问他:"听说老梅同志以前在一个林场做党支书,什么时候到这儿来了?"

原来,他的伤腿在朝鲜时又负了一次伤,美制的炮弹皮如今还留在肉里头,时常发炎。领导看他年岁大了,又满山遍野地跑,就劝他休养休养。他说:"先死后休养,不死不休养!"后来,领导上给他找了一个轻一点儿的工作,要他当护林站长。他说:"好!"就挑了这个唯一交通不便的站。来的第三天,就对两个营林员说:"你们请求组织给分配一片大一点儿的林子吧,这一小片有我就行了。"又过了三天,他对负责招待来往行人的同志说:"你也回局吧,这儿我自个儿就妥了。"这么一来,他把闲职变成了忙职。

我问:"这儿行人虽不多,也得不少吃的呀,是怎么运……"

"怎么运?谁要运他也不让,他说:'这点儿东西,我下去开组织会就捎回来了。'粮捎,菜捎,连一百多斤的肥猪都捎回来了。"他接着又给我讲了老梅同志背菜的故事。

"……在一个霞光万道的清晨,老梅同志捎了半袋子鲜菜,拄着拐杖,在小路上攀登,拐杖一个深坑又一个深坑地插进泥土里。我分明看见，他满脸晶莹的汗珠，正在微笑。可是，他为什么把一大块桦树皮垫在脊背与麻袋之间呀？树皮的尖角与边沿，紧紧抠进肉里去了，老梅同志却没有拿出来，他怕白菜沾上汗水味。同志，这样的汗水是世界上最宝贵的东西，只有甜啊。"

"你跟我来！"小伙子很激动地添了一句。他把我领到堂屋里，从碗橱里拿出一块发黑的咸芥菜，严肃地说："他一天三顿，吃的都是这个。说不上流了他多少汗水的白菜，他是一口也舍不得自个儿吃的。"

这时候，天渐渐亮起来。这小窝铺，就是里外两间，外屋里除了炉灶，哪儿有什么床铺？老梅同志到底在什么地方睡的呢？

小伙子看出我的疑问来，往墙角一指。那儿黑乎乎的，是什么？一摸，毛茸茸的，是一张熊皮，靠墙处放着黑色长方形的枕头。一股热流从心窝涌到喉头，我几乎要流出泪来。我跑到屋里，拿起老梅同志在我睡着时压到我身上的大衣，走出门去。

早霞，把它绚烂夺目的彩色泼洒在碧绿的松林梢头，泼洒在洁白闪烁的雪地里。森林的早晨真静，只有一只叫蓝大胆儿的小鸟在树干上敲啄，忽然，它飞了，碰得树上的雪扑簌簌滑落下来。森林中由远而近，响起了《国际歌》：

......

　　　　这是最后的斗争，

　　　　团结起来到明天，

　　　　英特纳雄奈尔，

就一定要实现！

老梅同志匆匆忙忙从森林里走出来，他左肩挎枪，右肩背着一架半导体收音机。

他走到路边护林防火宣传牌前。那宣传牌旁边，有一大块绷得板板正正的桦树皮，桦树皮的里面，细心地刷上了墨。桦树皮的上边，写着六个红色粉笔字：

今日天下大事

老梅同志掏出一段粉笔，一笔一画地在"今日天下大事"下边写：

越南南方解放军奇袭波来古大捷。七日早二时，打死、打伤一百多个美国侵略者，打坏二十架美机。

写到这儿，停下笔，侧头想了想，就又接着写：

飞机场在波来古东，

美帝纸老虎作得凶。

解放军来好兄弟，

一阵炮弹轰轰轰。

世界人民齐叫好，

237

纸老虎又戳个大洞洞。

全世界人民携起手，

消灭美帝向前冲！

"大捷"的"捷"字和"戳个"的"戳"字，他空起来。戴起镜子查了半天字典，才仔仔细细填好。那三个"轰"字，笔画多，总写不规整，擦了三遍，才写得又清楚又大方。

"他怕人走一天路不知道天下大事，每天都要写的。"不知啥时，小通讯员也出来了。

"老梅同志，你净想着别人，忘了自己。真是个毫无自私自利之心的人。"我激动地说，并且把大衣递给他。

"别人？"老梅同志严肃地走过来，"同志，你是无产阶级吗？那，你可不是别人啊！"

到南坡参加会议的两位工人同志和小通讯员走了。我也向老梅同志告别。

他说："走，我送送你，新下了雪，怕路不好认。"

早晨的阳光，把山野森林照耀得像个琉璃世界。这时候，我才来得及看看四周。这是一块宽敞坦荡的林间空地，除老梅同志的小屋，根本没有别的建筑。我不由想起他昨天说的兵站来。

"嗬，你倒惦着这个事儿，这不吗？"他指了指小窝棚。

"您的小屋就是兵站？"

"对呀！"

"可是兵在哪儿呢？"

他豪放地一挥手，说："你看。"

看见他指着一排排挺拔、苗壮的红松，我会意了。

又问："那么第二个兵站呢?"

"你不是个兵吗? 那个小通讯员不也是一个兵吗? 今早要来的五个工人工程师，不也是兵吗?"

"那第三个兵站该是说这房子了，可是兵在哪儿呢?"

"我几个儿女逢年过节都回来，这儿是他们的老家呀!"

我看清了老梅同志的博大胸怀。也明白了他为什么让我挑水和为什么拿下那些奖状来。我自言自语地说："对呀! 每个机关、企业、家庭，实际上不都是兵站吗?"

"对呀，你想想，怎么能不是呢?"

他送我到小兴安岭顶峰，把热馒头和一块熟野猪肉塞到我的兜里，说："阳光好，路又直，只管迈大步吧!"

他站在山顶，披一身早晨的阳光，那森林果真像他的战士一样，列队在他的后面。

我想："老梅同志这三个'兵站'的站长，做得多么出色呀! 我有几个'兵站'，工作做得怎么样呢?"

1965 年

满心胸的绿

不喜欢花儿的人，我这半辈子还没有见过。古今中外，以花儿为歌咏对象的诗词歌赋，可以说浩如烟海，俯拾皆是。我国古代文人墨客，尤爱以花儿为题目。咏菊、咏梅、咏牡丹、咏梨花、咏李花、咏桃花、咏杏花、咏芍药花、咏大理花……几乎无花不咏。由于爱花儿，凡是能用花儿来形容描绘的美好事物，也都用这个美好字眼儿来形容。雪用花来形容，浪用花来形容，窈窕淑女，更免不了用"如花似玉""闭月羞花"来形容。尽管已经有人再三说第三个用花来形容美女的人是蠢材，甘当蠢材的却仍不乏其人。什么原因？就因为花儿是美的，人们喜欢它。

不是有不少英雄烈士临刑之前撷一朵野花儿插在胸前吗？

不是有许多人在砸烂"花鸟鱼虫"那些年，冒着种种风险，暗里养着花儿吗？

花儿缤纷艳丽，极尽人间彩色，可以赏心悦目；花儿溢芳流馥，囊括世上馨香，可以爽人肺腑；花儿婀娜多姿，荟萃海内、海外美妙形象，可以使人生出种种向上的情思。

奇花丽葩是美好心灵的滋补品。愿天下爱花儿人都各得其所。

然而，就如我们欣赏一场精彩的演出，只注意台上蹁跹起舞的演员，而忽略舞台美术、后台工作人员一样，就如我们节日里享用醇酒佳肴，而鲜能想到酿酒种菜打猎养鱼人一样，在喜爱花朵的时候，往往忘记了花叶，在贪图花儿绚丽色调的时候，忘记了我们这个星球最基本的色调——绿色。就是诗、词、歌、赋，咏叶、咏绿的，也比较少，名句也只是"春风又绿江南岸""绿肥红瘦"等，比起写花儿鲜艳的要少得多。

这并不奇怪，也无须苛求。阳光、空气和水直接或间接养育万物，那欣欣向荣的"万物"，又何曾总是想到这几宗命脉所系的是大自然的恩赐呢？

是啊，绿色是太普通、太平常了。南国椰林、北疆松杉、东海之滨的水稻、边远西陲的牧草，哪一样不是绿的？太常见，太常见了。

事情常常开人的玩笑，也给人以教训。身在福中不知道是幸福，生活在绿色之中不知道绿色的可贵，这样的例子并不罕见。

每当秋风萧瑟、绿意隐退到地下，或是白雪皑皑、冰封山河大地之时，人们就格外思念绿色了。见到菜肴中一星绿叶，会令人思念春天到来。在严密防寒的室内置一盆文竹，以慰藉渴望绿色的心灵。

如果是在广漠无垠的沙海之中呢，伴随单调的驼铃，一走十天半月，想想看，还有人不思念绿洲吗？满地黄沙，满眼黄沙，遇风

241

便是满天黄沙。不用说是绿洲，就是一株柠条、一株沙枣、一株小小的百花蒿，会给旅人带来多大的幸福与希望啊！

我见过大片盐碱地，方圆百里，莫非惨白，没有鸟儿、没有水，连云彩都为之侧目，不忍多看几眼，拖着凄惶的影子，悄然溜过去，那景象实在凄凉。要是变成绿茸茸的草地，该多好啊！

我也见过岩石毕露的石山、石原，裸露着荒凉。而这时谁又能不思念绿色、思念树木，甚至野草呢？

面对这些景象，我心中常常生出一种崇敬之情。这崇敬之情，是为千千万万绿色的卫士而生的。

几十年工作生活在森林之中，老一辈林业工人中，辞别人世时还惦念森林永续利用的事，我听说过。同辈林业工人，为了绿化祖国，流过多少汗水，做出多大牺牲（那些在扑火与护林中献身的人），我见过。青年一代林业工人要让青山常在的雄心，正在用自己的行动来印证，我也知道。

尤其不能忘怀的，是那些为绿化祖国而孜孜不倦、终生奋斗的林学家，林业科学工作者……

去年这个时候，草木葱茏的夏天，我有幸到沈阳市的中国科学院林土研究所去采访。那里的男女老少，没有人不怀念刘慎谔老教授的。大家说，刘先生是为了绿色生命，献出自己一生的绿色的卫士。

这一点，我在参观标本室以后，有了同感。你打开任何一个标本柜，不，你拉开任何一个标本抽斗好了，里面的标本卡上，都会有刘老的名字。他不是亲手采集者，就是领导采集者。这些标本有采自大小兴安岭、长白山、完达山的，有采自华北平原的，有采自大西南的，还有采自康藏高原的。

年轻时他在法国留学，翻阅植物学资料，能找到的都读了。一边读，一边流泪，英、法、德等国都有，唯独没有中国的。于是，他以每天二十个小时为祖国的绿化工作了。他到阿尔卑斯山底部采集禾本科的狐茅、豆科植物三叶草。在海拔三千米处，研究森林分布。有一次滑倒滚下了坡，苏醒过来发觉头部流血，他仍然登上山去，继续采集。

1931 年，他决心到大西北考察。同去的中外几位人士，在荒凉、艰难面前却步了，他自己毅然赶着羊群作给养，进入新疆。两次到达天山，经尼雅、于阗、和阗、墨玉皮山、叶城，入西藏北境，过拉达克、克什米尔，出喜马拉雅山脉，经印度北境，到新德里，加尔各答。其间几经危难，生重病、断炊、断水、遇土匪、遇野兽毒蛇、滚坡落涧、缺氧窒息，可谓历尽人间苦难。就是如此，在加尔各答等待国内寄路费期间，又返回西藏采集一次标本。

抗日战争时，为使标本不沦入日本侵略者手中，他与同事用独轮车运输，从潼关推到西安。写到这里，那独轮车声仿佛能听得见，崎岖道路，能看得见，刘老推车的形象，就在眼前。

身患哮喘病来小兴安岭考察，还一定亲自上山。早晨学生、助手们贪睡，他故意大声咳嗽，大家起床，他就讲课。

病危之际，唯一的女儿来守护他。他却让女儿到林土所大院子里去采集菌类标本，自己出钱泡制……

他这一生采了多少标本？

他这一生爬过多少山，走过多少路？

他这一生看过多少各国文字写成的资料？

他这一生写过多少著作？

虽然无人详细统计过，但想来那数字是惊人的。人们十分清楚，这些工作都是为了一个字，这个字就是"绿"，都是为了谱写绿之歌。

刘老撒手去了。

他的朋友、学生还在继续为这一目标奋斗。那科研所楼上的灯光、祖国大陆荒无人烟地区的山石草木、一篇篇研究绿化的论文，都可以为证。

广大的农民、林业工人、园艺工人、共青团员、红领巾，也为谱写这首歌而不懈努力。铁路两侧的莽莽林带、田地之中的优美的防风林、公园中新栽的松柏、庭院中的花园菜圃，都是说明……

如今，人们不仅爱花儿，而且也渐渐认识到绿的可爱。没有绿，也不会有花儿的。

站在浩瀚的森林面前，站在一望无际的田野中，站在广阔无比的草原边上，人往往会想一个问题：

绿是什么？

绿是什么呢？

绿是阳光、空气、水的集合；绿是生命的源头；绿，是幸福啊……

热爱生活、热爱生命、期望幸福的人们，怎么会冷淡了绿呢？不会的，绝不会的。

想念乌苏镇

　　大凡在人生旅途上走过、跑过，或艰难跋涉过一段路程的，谁没见过一些小镇？其中，想必有一个会在你心灵中印象最深、最使你眷恋。它可能坐落在华北平原上，有青砖灰瓦红大门的四合院，几幢样式古朴大屋顶的二层小楼。也可能在天青水碧垂柳依依的江南水乡，那常常是以水网当街道，以舟楫作车马的。或者它是一个古镇，每一座桥、每一个寺院、每一块石碑都有一段与古代名人相联系的奇妙传说，都令本地人自豪。它在你心中占了个最难忘的位置，原因也因人因地不同。你在那里度过充满诗意与梦幻的童年；你在那里初恋，一想起它就涌出一脉柔情；或者你为新中国的建立，在那里流过血，战友遗躯融进那里的土地；又或许……

　　我呢，见过、生活过的小镇也颇不少。然而我如今常常怀念的，印象最深的，却不是它们，而是我总共逗留不到三小时的一个边陲小镇。你看，生活中有一些现象，叫人多么难以理解啊！

　　那是祖国千千万万个小镇中，最早迎接黎明的地方。凌晨一点

245

半钟，站在高高瞭望塔上的边防战士，便可以看见乌苏里江对岸的洪水塔山背后，那一片狭长土地东边的，我国古时称为东海的大海中，有淡红色的光，浸染了灰蒙蒙的天空。接着是辐射状的金色霞光，不过辐射原体被山岭挡住了。辐射状金光的夹角逐渐趋向尖端，在两边将要相交的一刹那，太阳便跳了出来。乌苏镇——祖国东北的东北角上的边陲小镇，顿时流满阳光，此时才凌晨两点钟。

1981 年 8 月中旬，我有幸搭着军艇，去看望乌苏镇，去看望那里的战士们。从抚远出发，沿黑龙江东下，走黑龙江沟通乌苏里江水道，乌苏镇就在水道流入乌苏里江的入口处。

小艇从黑龙江一拐入水道，波涛汹涌，浩浩荡荡的"江入大荒流"的雄浑气势，立刻为之一变。水道不宽也不深，上流悠缓平静，柳丛甚密。狭窄之处，两岸柳枝几乎相互交织。小艇过去，荡起的波浪，使垂在水中的柳枝久久地摇曳。

一走入这个镇，我有些诧异。它太小了，它只有一个很大的鲑鱼加工厂，可是门窗关着，机器停着，听说要到捕鲑鱼时才开工。全镇除了哨所，就一户人家。这户人家夫妻俩，是看管加工厂的，他们就住在码头后边的院落中。怪，一户人家，怎么会叫个镇呢？

通过住户的院落，爬一段高坡，就来到了我向往已久的乌苏镇哨所。

战士们把它建设得多好啊！操场平展展的，铺着黄色的沙砾。周围的林木，棵棵都用半个菱形的砖头围起来。东面的乌苏里江边，是一排整齐的椽栅栏，中间有一座精心修建的木头大门。栅栏外，是长长的白石砌成的台阶，一直铺到淡蓝色的江水之中，折光使水中的白石阶隐约蠕动，仿佛就要游走。红砖营房里，窗明几净，秩序井然。几枝草原里的花，插在一只绿色军用搪瓷杯中，红色的花朵，赫然开放。

开始，战士们对我们这几个中年文学工作者，还有一点儿生。可是当我们一亮出自己的口音，说出原籍，战士们立刻亲切起来。于是，屋子里的四川话、湖南话、黑龙江话，响成一片，是那样的热烈。

哨所负责的年轻军人，跟我们介绍了他们辖区的情况。这小伙子的语言，如他的人一样，机敏、精练、准确。说到战士们苦练守边本领，我的一位同行忽然来了兴趣。他说出一个经纬度的度、分、秒数，请他回答是他们辖区内的什么地方。他不假思索地说："我们镇最南边的乌苏里江边上，它的标志是——"他走到窗前，指着不远的地方说，"那块最大的卧牛石。它在您说的那个地点偏东一点儿。"又一个同行说出另一个经纬度，问给大家倒水的小战士。小战士放下水壶，立正说："报告首长，那正是你们上岸的码头。准确地点在你们搭跳板南七米的地方。"这使我们惊奇、高兴。这小战士入伍才一年多，而且来自农村。负责的年轻军人说起熟悉这项业务的重要性，讲了一个小插曲。

他从前当兵，听参与边境定期会晤的我方同志说，有一次会晤，对方向我们提出了抗议。说某某天某某时某某分，我们的某号炮艇，侵犯了他们的水域。我们的代表一想，那个时候，那艘炮艇正在修理，根本没出港，遂问他经纬度。对方代表说了。我们的代表即刻回答："不存在这样的事，我们的炮艇没长腿，不会跑到你们的城里去逛马路。"原来对方说的经纬度正是他们城市的一条街道。

午饭在他们那里吃。按照赫哲族习惯，他们先向客人敬鱼头。说起蔬菜来，才知道明水期（非结冻期）给养船每半月才来一次。而冬天，汽车和马爬犁半月来一次（他们看报也是半月一看）。因此，只能自己动手开荒种地，他们都能干。这让我想起前些天访问过的一些连队里的肯吃苦的战士们来。一个连队住在山上，打不出水来，到六百米以外去挑，每天要六十挑。一年三百六十五天，他们挑了五六年，路上的石头都磨出窝窝来，算算路程，绕地球也能转几圈。还有一个战士练兵，瞎蠓叮在脸上，他正走正步，队列散了，脸淌出血来……

战士们吃饭时，独不见一个跟我唠得挺热乎的十八岁的小战士。一打听，原来他中午上岗。我上了瞭望台，他正聚精会神地在望远镜前观察，然后认真写记录，笔一放，嘴嚼起来了。原来一口馒头没吃完，他就来上岗，上了岗，就忙着观察情况，没事了才想起嚼这口馒头。他说，晴天可以看见哈巴罗夫斯克（伯力），那里有座铜像。有一回他还清楚地看见了那铜像手里拿着什么东西。一问老战士，才知道那是沙皇的"功臣"，叫穆拉维约夫，沙皇封他为阿木尔斯基伯爵，《瑷珲条约》就是他炮制出来的。他手里拿的可能是地图，仰着头向太平洋方向看呢。

说完了故事，他嘲讽地说："喊，吃一看二想三啊！"

"过得惯吗？"我问他。

"刚来不惯，蚊子太多。"他不大好意思地说，"我就怕蚊子。"

"现在呢？"

"看老战士不怕，我就咬着牙挺。现在好了，跟蚊子混熟了，它们磨不开，不好意思咬我了。"

他把我说笑了。我们凭栏眺望山河，温馨的风吹得人很惬意。我忽然想起问他，这里为什么叫作镇。他兴奋起来，极抒情地讲述了缘由。

别看现在人少。一到九月，大马哈鱼（鲑鱼）汛期，打鱼的船队就陆续开来了。摇桨的小"威虎"，有小马达的"马嘟噜"，大一点儿的帆船、机帆船都有。各式各样，五颜六色。

打鱼的多数是赫哲人，男女老少都有。蒙古人有那达慕大会，其实这个汛期就是赫哲人一年一度的大聚会。不但打鱼，访亲见友，畅叙亲情，甚至男女恋爱，老人给孩子订婚，也往往在这时谈成。其实不难理解，这正是丰收的季节，人人情绪饱满嘛。那些会做买卖的商店，也派人卖烟卖酒和其他食品，真是一派繁荣热闹景象。一般的小镇，哪里会有这儿兴隆？

一到晚上，我方岸边生起一堆堆渔火，不时可以传来笑声。渔火、兴高采烈的人群，倒映在江水之中，真让人难以分清是天上还是人间。赫哲族是酷爱歌唱的民族，新编的《乌苏里船歌》等，在青年人中流行，中老年人则喜欢唱《安徒莫日根》《红姑娘》等传统的民歌。豪迈悠扬、荡气回肠的歌声，在江面上飘荡，在夜空中回旋。那词也很好，小战士还学唱几句：

阿郎赫那改根，赫那改根，
蓝蓝的乌苏里江，

江畔好风光，

那是咱赫哲人美好的家乡。

江上的渔船追银浪哟，

白云间天鹅展翅飞翔……

小战士把我引进一个美好的意境里去了。

我离开乌苏镇快一年了，却常在日出时刻想念它。何止在日出时刻？丁香花开、熏风醉人的五月夜晚，多么宁静，多么温馨！那时我会想到它，想到瞭望哨上战士警惕的眼睛。与妻子、女儿围在节日的餐桌旁，对着清酒肥鱼，我也会想到一个战士的话："苦吗？自然有点儿苦。可是想到我是为亲人吃苦，为我爸爸、妈妈，为我弟弟、妹妹，为我小时候的同伴站岗，为科学家、为你们、为北京站岗，苦也觉着甜……"

我在北京旅次写这篇短文的时候，心已经飞到乌苏镇去了。我期待着，能再到那里去。当然，这一次一定要选一个鲑鱼东来的节令。

1982 年 8 月

山崩地还在

心跳七十次，分针跳一次，和谐而安详。

公元2008年5月12日14时，分针像平常一样，均匀又有节律。可是第二十八分的那一跳，千颗万颗充满活力的心脏，却刹那间死寂了，只剩下分针不紧不慢地，继续它的行程。

那一瞬后的第一时间，汶川十几万颗心惊恐地加快了跳动，四川成亿颗心急切地加快了跳动，中国十三亿颗心惊异地加快了跳动。

或热烈或缠绵或烦躁，电话通知何止十万百万通，戛然而止。

那一带行进中的汽车、火车，戛然而止。

婴儿吮吸母乳，幼儿园游戏的欢笑，学童神采飞扬的朗诵，工厂中转动的机器，农田中的劳作，表彰大会，银行的交易，机关的办公，市场的讨价还价，戛然而止。

天府之国怎么了？那样山清水秀，景色如画的汶川、北川、青川，那自古闻名的都江堰，怎么了？

分针第二十八分的那一跳，好像碰动了一个按钮，大灾难魔鬼般破地而出。

大山摇晃颠簸，昏黄的烟柱冲天而起，无数山头崩裂，巨石横冲直撞，跳跃滚落，咆哮的河水为之阻断。碎石冰雹般砸向人间，一眨眼，十万平方公里山区，山无完山，河无完河，路无完路，城无完城。

铁路大动脉的隧道，航油罐车爆炸起火，浓烟喷涌。

刚刚好好的房子，一回身变成一片烟尘，朦胧看见的是砖石瓦砾，横七竖八斜指苍天的房架、房梁。

那是祖祖辈辈一代代心血汗水修建起来的。是一代代呱呱坠地，向人间发出第一声哭喊，成长结婚，黄昏傍晚一家围坐晚餐，其乐融融的家呀。

逃出劫难的女孩儿，回望废墟，看见的是这里露出一只脚，那里伸出一只手，半个头，一块脊背。方才他们还在一个教室里兴味盎然地听课。她哭喊着，拼命地扒土扒石。

几个小时内就赶到都江堰的温总理，废墟上，一只手拾起一只运动鞋，一只手拾起一个书包，眼里含着泪。

山崩了！

然而，地还在。

说是山崩，其实就是山上石头崩裂，山体大滑坡，它还是得落到地上不是！

有地，有大地母亲，我们这些大地之子，就可以立足。

此前，见过一个叫作"基因地理计划的小组"研究报告，说现代人类均为二十万年前非洲的"线粒体夏娃"的后代。十三点五万年前至九万年前，东部非洲连续干旱，人类几乎灭绝，一度跌至两千人。后来，分成小群，独立发展，到石器时代，人口数量才回升。一家之言，不是定论，但我们可以看到，人类祖先从各种天灾苦难中奋争过来。挪亚方舟，庞贝古城，也是佐证。

华夏有过补天的女娲，有过窃天帝息壤的鲧，御应龙治水的大禹，有过衔石填海的精卫。传说反映真实，我们的民族更是经大自然考验确认，挺着胸走过来的。

我们是经过唐山大地震的国度！我们经过！

于是，相信是人类有史以来一场最壮烈、规模最宏大的，不是以毁灭生命、而是以抢救生命为唯一目标的"战争"，立刻"发动"！我们的党中央，第一时间发出动员令：举国之力，抢救生命！只要有一线生还希望，就要不惜代价做出百分之百的努力。

胡主席成功访日归来，就到达震区。余震数千次连续不断，驱车在刚打通的、随时可能再滑坡的泥泞的窄窄山路上。电视直播，观众的心能不悬着？手心能不出汗？余震来了，对官兵讲话不停顿。上废墟，进帐篷，拉着灾民的手，亲着孤儿的小脸。胡主席对那个三岁的小女孩儿说，胡爷爷以后会来看你。

他搂着一个失去祖父的八岁孩子，叮嘱他从小就要学会坚强。

温总理在灾区日夜工作，就为了救人。重灾线路一打通，他就到了。路一时打不通的，就乘直升机，也到了。对埋在废墟里的人们喊话，说："你们要坚持住，要相信一定能获救！"

他对一个小女孩儿说："你不要怕，我是温家宝爷爷，我们一定能救你出来！"那小女孩儿被救出来了，经过惊吓重创的她，苦难经

253

过记不太清了，但牢牢记住了温爷爷的话。

他还替一个悲伤哭泣的孩子擦去泪水，动情地说："别哭，只是一场灾难，你要活下去。"他嘱咐一位年轻母亲，要把孩子看好，以后的日子还长着呢。

那几天，电视中见他憔悴些，好像一时老了许多。

画面来自八级地震震区——当时中国，乃至整个地球上最危险、生命可能随时失去的地方。

子弟兵解放军，国之长城，是中国父老、稚子最可信赖的钢铁长城。十万大军，海陆空二炮，民兵卫生兵；公安武警，消防战士；各路专家，大学生，志愿者。

跑着来，急行军来，从天上飞来，从陆路乘军车来，从山下攀登来，从湖上开摩托艇来。身陷绝境盼望救星，救星升起；大旱之望云霓，云霓终于来了。被困群众心就落地。

一个女青年，在废墟的一条水泥梁下，露出一双大眼，向亲人们侃侃而谈，她说："我知道你们会来救我，我会坚持住，我很好，你们放心！"救出来的人紧紧搂住救人的人，死死地握住他们的手不松开。一百多小时遇救，自己爬出来的李青松，脸上是信任的笑。受伤被救青年的母亲说："现在我觉得很幸福。"

生死相托，信任度比天高、比海深！

战士对废墟中的孩子说："小妹妹，别说话（保存体力），叔叔们一定会救你出来。"

探亲在家的羌族士官，先救乡亲，妻子却罹难，含泪埋葬亲爱的人，转身又去救人。

一位大校参谋长，带部分队伍冒着滚石攀爬山路，首先到达与外界暂时隔绝的汶川，报告灾情，为中央决策提供信息。

着迷彩服的救人者，爬进废墟上打开的洞，匍匐进去查看情形。洞随时可能坍塌。出来才看清，这是位少将。他进出五次。

还有一位大校，与战士一起，抬一位村民伤者下陡峭的山坡。

也是大校，伞兵。十五名战友义无反顾，纵身一跃，跳向四千米高山，是山崩？是堰塞湖？一无所知。正因为一无所知，所以才有伞降的必要。

镜头下一身迷彩服的人，弯腰亲一个孩子。直起腰来，才看见他满眼泪水，肩上是三颗金五星，上将，我军之最高军衔。丈夫也有泪，军人也有泪，男儿有泪不轻弹，只因未到伤心处。

随着救人大行动的深入，胡主席号召向大山深处挺进，要"进村入户"。于是十万平方公里内，不知有多少小分队涉水攀岩，穿林过塘。

想起抗战时期的游击队。

背负几十公斤救命物资，走这样的路，不食不休，争分夺秒，不叫艰苦，应该叫拼命，拼出命来去救命。老妈妈说："谁家没孩子？看着心疼。"战士说："谁没有家呀？你家就是我家。"

空军司令员带领小分队，进了村，入了户。

济南军区司令员，进了村，入了户。

万山丛中，有多少个村落居住乡亲，就有多少支小分队。

两位民警，地震时在一个矿山办公事。地震就是命令，冒死下矿救人，然后带大家转移。大山中六天没吃的，露天淋雨，队伍雪

255

球般滚到五六百人。灾民说："跟着他们，就是跟着政府。"

做母亲六个月的女民警，双乳喂过九名无乳可吃的婴儿。

《礼记》中说："天下为公。"孟子说："老吾老以及人之老，幼吾幼以及人之幼。"林则徐说："苟利国家生死以，岂因祸福避趋之。"立党为公，为人民服务，润泽了我们几十年。"物有必至，事有固然"，水到渠才成。

这些，如大地般坚实可靠，也就是大地！

中央地方，台湾港澳，地球上凡有龙之子孙的地方，同悲泣，共奋起。灾区同胞的需求就是命令，就是当下最紧要的。救护队、消防队、医疗队、卫生消毒监察队。地震专家、心理专家、房屋结构专家，甚至还有找水专家。那是一位军人，他在映秀镇干渴生烟的紧要关头，找到了清泉，也可以说找到了生命源泉。

草绿、浅黄、纯白、橘红、大红……救人现场，彩虹天桥，生命的桥。

全国大献血，处处排长龙。觉得不做点儿什么，对不起同胞。

要什么，筹措什么。食物、药品，衣被、帐篷，手电、蜡烛，救护车、挖掘机，火车、飞机。

好像是我国从未一次行动投入如此多的飞机。连我们最大的，也是唯一的一架直升机，能乘坐125人的巨无霸，也投入了。

为运伤员，飞机改装，火车改装。竟然有了抢字头的专列！能用得上的先进技术，如过滤水车、喷雾灭尘器等，都急忙拿来。

大家都急着，快一分一秒，可能多救出一位同胞。

一列车活动厕所，在画面上飞驶而过。

我注意到，住院的孩子，穿的都是新衣，有漂亮的新玩具，一个脸上有几处伤口的孩子，正和她的绒毛小熊亲昵。

病房有鲜花，有志愿者护理，有温馨。

临时安置点，四个人盖着同样的毯子，甜美地睡了。

初步安置的灾民，食堂供应三菜一汤。

看得出是灾民，看不出是难民。

出不上力的就捐款。从大额支票，到下岗职工几十元，都饱含着手足之情。一位拾荒妇女，买来棉被，捐给伤者，不说什么，默默离去。小羊倌卖四只羊，捐了千元。旬日之内，善款超过百亿，我们是发展中国家，这数字包含的情与义，如山高、如海深。

时间回溯到八十七年前，1920 年 12 月 16 日，今宁夏市甘肃之海原 8.5 级大地震，死亡同胞 23 万余人，这是几乎与世隔绝的六盘山区。数月后，人们才从报刊上了解到灾情。当局仅派农商部、教育部六人去调查。调查报告上写道："此行目的，尤注意科学之研究……俾明此次地震之起源及地壳之关系焉。"次年，《地学杂志》一文章写道：灾民"无衣、无食、无住，流离惨状，目不忍睹，耳不忍闻；苦人多依火炕取暖，衣被素薄，一日失所，复值严寒大风，忍冻忍饥，瑟瑟露宿，匍匐扶伤，哭声遍野，不特饿殍，亦将僵毙……狼狗亦群出吃人"。《中国民报》写道："莽莽七十余州县，统一地图上无颜色；蚩蚩几百万人民，于共和国家之内，为孤孽饮痛而无泪可挥。"

除了当时交通、经济、科技不如现在发达，人文因素、社会因素，不是更主要的原因吗？

这一次，国际社会给予我们的这么多关怀，为死者也为生才，让我们这百年来历尽沧桑、饱受掠夺凌辱的民族，倍加感激，倍加心动。发展真好！和平真好！

救人是给人生存权，生存权是最高的人权啊！

一千二百万人失却家屋。帐篷，帐篷，帐篷！我们的共和国主席亲自到帐篷厂去，慰问叮嘱，请企业与工人开足马力生产，不少乡亲还缺一个临时栖身之地呀！安得广厦千万间，大庇天下寒士俱欢颜！

十一万救人大军，转移了几百万人。更重要的是，日夜阴晴都不停歇，一点点刨挖，一个个营救，硬是从死神手中夺回六千多条生命。

现在人们好谈什么什么创造了第一，不知道这些数字能不能创造第一，无论如何，它是史诗。

它肯定会让人类历史厚重许多，辉煌许多。

这些不是实实在在的坚定不移的大地吗？

地震时，医院正做着六台手术。白衣天使们镇定自若，直到全部做完。

十一岁的孩子，背着三岁小妹妹跋山涉水逃出来。

埋在废墟中的学生，用手电筒照明看书。

男孩儿左臂重伤，在担架上敬队礼。感恩与崇敬充溢着他的心，这是他一生中享用不尽的生活动力。

九位老师带着七十一名学生逃出危难，而有的老师却再也见不到他们的亲人了。

一位老师张开臂膀护住讲桌，桌下躲着他的四个学生。他终于护住了，用他的生命。被埋八十多小时被救出的孩子说："我没事！"

汶川县民政局长，失去了十五位亲人，包括比他还高一公分的儿子。悲痛没有压倒他，救人一刻不闲。他说："人活着就要做事。"

一位女村支部书记，母亲罹难，她在村里救人，并把村党支部牌子立起，直到母亲下葬才回去。

记者问一位小战士为什么救人，他说："为了将来有美好的回忆。"

邓亚萍当义工疏导孩子心理，问一个女孩儿将来做什么，女孩儿说："给祖国增加些美好。"

丧夫的妇女，废墟中找到丈夫优秀共产党员荣誉证书，说它可以慰藉公婆。

爱的大潮，在受灾的地方，在九百六十万平方公里大地上，澎湃汹涌，奔腾激荡。大爱滋养了这个民族。爱造就英雄，爱创造奇迹。

如果爱是浩渺的水库，生活的目标与理智，责任心、使命感才是牢不可破的大坝。它造就人类的崇高。"上下同欲者胜""民齐者强"。

这些，也是大地。

惊天动地，一次汹涌的民族大洗礼。国丧的汽笛呜咽，渐飘渐远，移进了历史的隧道。

有许多最可宝贵的精神，于大灾难中冶炼、锻造、升华，强健着华夏民族之魂。

这，更是大地。

站在广阔厚重的大地上，朝阳下挺直脊梁向前走。

全国悲痛过后是全国悲壮。"抗兵相加，哀者胜矣。"活着的人，就应该赶上分针的跳动，从一部史诗，走向下一部史诗。从抗灾的史诗，走向更加激励人心的创造与建设的史诗吧。

2008 年 6 月

火红的中国结

　　它没有战斧巡航导弹的烈焰，没有集束炸弹在高空、地堡终结者在地下爆炸的火浪。前线奋战的我们的子弟兵——医护人员，一律白色戎装。抗击非典，一场白色战争。

　　在白色战争的战场上，却有火红的中国结。她就高高挂在一个一个医院前，一条一条被隔离的医院前边的隔离带上。街树的绿，大厦的白，人们服装的五颜六色陪衬着她，明亮耀眼。医院楼房外走廊内，白衣战士向她挥手，行人的心，立刻与她相连。

　　中国结，太阳的颜色，黄皮肤下面血的颜色。只有一条纽带。头就是尾，尾就是头，在曲折中传承绵延。每一处每一点，组成这条纽带，纽带也就是每一处每一点。经络，血管，DNA？黄河，长江，长城？万里长征的线路图，磅礴万里的海岸线？或许，她就是，是所有这些。中国结真美。对称、和谐。从河图来，从洛书来，从双鱼图中来？其实那是从炎黄子孙的性格与美好追求中来的。

　　今天，在抗击非典的战争中，中国人正在心中印证这个中国结，升华这个中国结。

白色战争突如其来。我们必将战而胜之的能力，却不是突如其来。不敢想象，这样的疫情，发生在腐朽的清末，发生在解放前，甚至是发生在改革开放以前。不敢想象，一个患者、一个家庭、一个医院单独去对付疫情。

抗击中，有几个关键词，成了我们高扬的旗帜。

人民。人民的利益，高于一切。立刻，"非典"列到传染病防治法中。紧急动员，统一指挥，各级一把手是第一责任人。哪里是疫区，我们的领导就到哪里。一句话、一次握手，都是一腔深情，无限牵念。医护人员，科技人员，学校师生，农民工人，都和他们心相连。他们说，我们惦记着你们啊。他们和群众在一起吃饭。走时还千叮咛、万嘱咐，说我们一定会战胜非典。有哪一位相当级别的领导，有一点儿迟疑，不那么往心里去吗？那么，辞职、离开、让贤。看病绝不可误，不能因无钱就不收治，先记账！财政一天内，拨款就可划到。

医护人员、党员，离开温暖的家，义无反顾地走进隔离区。他们说，我是一个医护人员。日日夜夜，在病毒包围中呼吸，在重重防护中受熏蒸。十天前还并肩抢救重患的小姐妹，现在竟在鲜花翠柏中长眠。七十四岁老教授感染病毒，提出在自己身上试用已愈患者的血清，他胜利了。科党支部书记副主任感染倒在病床上，还对他的研究生说，好了我帮你指导毕业论文，谁知竟然失去机会。四十六岁护士长病到不能说话，还不忘让人远离自己，防止传染。二十八岁女军医体弱却坚持上一线，病重了，把转院机会让给其他患者。发给爱人的最后短信是：嫁给你我不后悔，当医生我更不后悔。前仆后继、舍生忘死、舍我其谁，请战书、宣誓、战前动员，这些词，几个月内，生命力、感动力空前强大了。火线入党有过，隔离区里入党，第一例。科主任痛失高足，说我不是党员，但从他（他的学生，牺牲了）身上，我看到了什么是真正的共产党员。一位女儿牺牲了的老军人说，我们的悲痛，减少了天下父母的悲痛。

北京、疫区，需要防护服？厂子马上转产，机轮飞转，日夜赶制，消毒装车，迢迢千里，第二天穿着下病房了。需要鲜血？传到外省，大街上一声呼喊说疫区需要血，献血车前人立刻围上。迢迢千里，第二天，输进疫区患者血管里去了，一滴一滴，纯洁的，鲜红的，都是亲情。一座医院，两天就能建成。网上看见病室里不好用空调，怎么也不舍得让病人热着，赶快发一万台风扇。我们的部队，抽调了最优秀的医护人员，支援北京，他们宣誓时"苟利国家生死以，岂因祸福避趋之"的精神，使整个中国为之动容。

众志成城。需要隔离，服从，立刻就隔离。单位、社区、区县市，一切温暖、一切关切都传递到隔离区了，从现代化的手机短信、可视电话，到从窗口缒下篮子的古老办法，何种办法不关情！旅客要检体温，好像一夜之间，城乡站点儿成千上万，就有了先进设备。农村村自为战，一夜之间，九百六十万平方公里热土上，全都"画地为牢"，令老年人豪迈地想起抗日战争。非典垃圾的焚烧，到隔离区消毒，做隔离人的、患者家属工作，是普通人，可是他们的境界不普通。

灾难中走出人类，灾难中走出中国。谁愿忧患，谁愿多难？然生于忧患，多难兴邦。非典会产生免疫力，与非典斗争的中华民族，也会产生免疫力。

中国人在战胜非典中，用血汗乃至生命，在心中编织着中国结，编织着一个至高至大的火红火红的中国结。华夏子孙心中的中国情结，在战胜非典中升华。我们知道，有一些事物，如同生命，是一生都要珍视的。

老 人 与 客

　　客西装革履，翩翩青年。见老人正查《学生英语字典》，不免诧异："怎么，老伯也学起来了？我父亲讲，您年轻时对这些豆芽菜，可是最头疼的。"

　　老人笑说："哪里，是帮外孙女哪。比如 feel worried 这短语，feel 是什么，worried 又是什么，原来这两个单词都在什么地方，要查出来，记在书上，便于她理解、记忆。"

　　客：国人辛劳，多为儿女。自古从帝王到百姓，莫不想到身后为子孙多留财富。财富如此，出于同一种心情，知识也如此吧？

　　老人：财富留下的可能是依赖，知识也许留下本事。

　　客笑：拐棍往往让人学不会走路。

　　老人：但幼时也需领进门的师傅。

　　客：是的，隔辈的师傅，似乎都有些隔膜感。不如靠她双亲与教师。

　　老人微微摇头：总觉靠不上与不可靠。不为她做出我们所能做的一切，她将来沦为多余人的时候，我们老两口儿在九泉之下就不会心安理得。

客：如此严重？

老人：在社会上找不到自己的位置，如彗星一般。

客：担心这个？是不是有点儿杞人……

老人：国际象棋冠军与电脑对垒而败北，听说没有？

客：知道，一次游戏。

老人：一次实战演习，结果二十世纪的人就打不过二十世纪的电脑，那么下个世纪呢？电脑会不会主宰人脑？就像曹操主宰汉献帝，献帝只能献地。电脑本身就兼科研与生产，不少的人就不大有用了。被打入另册，意味着什么？

客：听着有些科幻。

老人：美国农业人口占3％，中国占80％，而且毋庸讳言，素质较低。就按将来需农业人口5％算，需另寻职业的要有多少人？世界上，所谓发展中国家（实际是有待发展的）比例，比中国还大。一个研究，使南方甘蔗含糖量有很大提高，黑龙江甜菜种植的面积，就要大幅度缩减，甜菜糖厂像中了机枪子弹般一个接一个地倒闭。下岗失业这个词，很可能如癌症般顽固。信息社会，好像佼佼者只有第一，甚至没有第二。不仅只一个盖茨，甚至连教师也只一个，他在网上讲课，全世界孩子听。至少操同一种语言的孩子还有大人，选他的课。教师往多了说，用些辅导员、研究人员。经济栋梁是少数，服务于他们的经理阶层和高级科技人员，是少数。支撑社会的，不是过去的金字塔了，金字塔变成一根柱子，上下一边粗。那么，会不会产生多余人？现在不养闲人，将来养？

客：国家不会通过税收等宏观手段来调控？

老人：世界上，大多数国家的国有经济，国家将不再掌握。不掌握水库怎么调控洪水？国家机器可能被削弱。原因至少有二：第一市场经济，第二大市场经济——大跨国公司瓜分市场。它们同时瓜分地球上的科技、物质、人才、文化、经济，甚至军事资源，如今有的国家已受它们极大的制约，何况未来？而它们几乎唯一的目标，就是利润，在多大程度上能关心他人死活？

客：那么，博爱呢，或用流行词爱心呢？

老人：有两个规律不相调和，让人痛心而苦恼。自然界，尤其是生物界，不可逆的规律是弱肉强食、优胜劣汰。人类中的善良部分，莫不对弱者、劣（势）者深切同情。中国的孔子、孟子、墨子，世界上的一些大思想家，释迦牟尼、耶稣基督，包括许多理想主义者，哪位不是悲天悯人、大慈大悲！宁肯自己下地狱、以身饲虎，也要救世人出苦海。无产阶级先驱者，抛却头颅，洒尽热血，铁骨锉成灰，身心零落成泥碾作尘，一心解放受压迫剥削的底层人。欲是水，可以只剩一滴，眼看干涸，一寻到遇到可以膨胀的条件，它很快脸一变就成海，接着就打南极冰山的主意，加大温，让它融化把世界淹没六十公尺。欲是火，一星星的即将熄灭，一寻到遇到可以燃烧的条件，它可能把一座城、一片大雨林化成灰烬，它不满足，能把太阳上的火都据为己有才好。欲是潘多拉匣子内的东西，是孙行者的金箍棒，可伸可缩。是旧时一种写仿影的毛笔，"小大由之"，大了更好。

这时，窗外轰然作响，楼为之抖动，棚上有沙土瑟瑟落下（那几日中国驻南大使馆被炸）。年轻客人有些失色。老人说：邻居在炸旧建筑地基，准备建城堡式、钢混结构、超豪华局长楼，加紧施工，打算搭实物分房末班车。客人恢复常态，然而不能很集中精力。

客：那么，依老伯之见该如何？

老人：阀限。动植物对需求有餍足，人类却不。有个笑话：大雨，一行路男人，避雨于一女人屋檐下，望雨兴叹说，这要是在家嘛。屋内女人同情，让他进屋来避。冷。他抖着说，这要是在家嘛。女人好人做到底，找出自家男人衣服衣之。须臾，觉饥渴。男人又说，这要是在家嘛。女人热酒热饭招待。他打着饱嗝喷着酒气，热辣辣的眼看着女人，刚说了一个这字，女人接说要是在家嘛！一桌酒菜掀在男人身上，一指门口说："滚！"人类应该能够掌握、运用好这阀限。赶车的，遇到河，得说声"吁"，开汽车、开火车，适当的时候得刹闸，开飞机有时速度也得限制。

客：所以您……

老人：害怕一旦人不能、不愿用这阀限，我至亲骨肉的外孙女，会落到当多余人的地步。

客：所以您……

老人：是的。

轰然又响炮声。早有裂痕的天棚，又瑟瑟落沙。客急告辞。

老人清楚地听见客嗒嗒嗒嗒的下楼脚步声，于是，闭目颔首。许久，又拿起字典来。

中东路遐思

一个世纪前，东北这地方没铁路。我的祖父就曾赶大车，从老家巴彦去海边的牛庄（营口），套七匹马，用八尺长的鞭子。拉去的是大豆，拉回来的是咸盐、冻海鱼、洋火，还有花旗布。跑冻道，来回还得一个来月，大鞭子抡圆，马使足了劲，却再也快不了一天。他想没想过铁路？多半没有，他不一定听说过铁路。中国第一条铁路，上海到吴淞，短短一段，老佛爷西太后不能容忍，两江总督沈葆桢赶紧扒路沉轨。后来几个强国争到路权，云南山东正建着，一个闭塞地区的农民，也不会知道。

有人很想在我国东北建一条铁路，而且父亲死了儿子接着想。

1896 年 4 月末，俄罗斯一位地位显赫的公爵，乘船在苏伊士河游逛，看来是去马赛，却又慢得惊人，"邂逅"清廷重臣李鸿章所乘豪华轮船，公爵认识李相，热情迎上。谈话间，劝李先到俄罗斯。李此行虽是全权代表清廷，祝贺新登大宝的沙皇尼古拉二世加冕的，但原打算先访西欧几个国家，这几个国家早做好隆重接待的准备。

那时欧美各强国，跃跃欲试欲瓜分世界上最后一个"地大物博"的国家，肥肉唯恐自己少得。李是清廷与外国打交道举足轻重的人物，《烟台条约》《中法新约》《马关条约》，都是他签署的，这样的财神谁不争？据说，公爵深谙大清官场银子开路的秘诀，赢得了李周围的人。李相上了俄航运贸易公司的轮船，住进特意为他腾出的一个大富商的富丽宅第。沙皇谋士、财政大臣维特伯爵，投李所好，毕恭毕敬，鞠躬必达九十度，场面必要阔大庄严。沙皇对前来祝贺的外国使节统一接见，唯对李秘密接见。尼古拉接受本国鱼贯而入的大臣们恭贺时，拉住维特的手，面有光彩，耳语般说："李鸿章上我这里来过了，我同他谈了话。"

这一切，都是维特导演的，目的就是在我国东北"借地筑路"。

此前，亚历山大三世时，曾拨二百万卢布，给提出可以把铁路深入到中国的巴德马耶夫公司，明知不可能，还要试探其可能性。对国内修建西伯利亚大铁路的计划，也颁旨"从速进行"，令太子尼古拉亲任修建委员会主席，调主管过铁路的维特任财政大臣。太子成了皇上，还不放弃主席位子，财政部竟然得到主管铁路建设的特准。西伯利亚大铁路，以海港符拉迪沃斯托克（海参崴）为终点。黑龙江段设计是依江行进，遭轮船公司反对。中国甲午战败，一纸《马关条约》使日本鲸吞辽东半岛、索赔两万万两白银，这还是李鸿章力争，脸颊挨日本浪人一枪，伊藤博文才签字的。俄联合德、法，以武力威逼日本吐出辽东半岛，中国再交三千万两作为赎金。俄"有功于中国"，你中国对借地筑路这么个要求好意思不答应？李出使前，老佛爷与他密谈半日，定的调子是一意联络俄人。加之维特给李三百万两好处费，《中俄御敌互相援助条约》于6月3日签订，9月8日签订《中俄合办东省铁路公司合同章程》。德皇威廉二世按事先与俄谋定的要点行事，12月16日，向清政府要求租借胶州湾五十年，次年竟将军舰开去。俄以防备英国为由，军舰进入旅顺港，以威逼利诱使清政府准其"租借"旅大，建以大连为终点的中东路支线，五十万卢布贿赂又揣进李相腰包。五年内，两千四百三十七公里的"丁"字形中东路及其支线建成通车。英国乘机"租"去威海、九龙。

一条铁路，牵动起码五个朝廷、六个皇帝（太后）的神经。原因最简单，利权所系，谁有了它，差不多就掌握了我东北的命脉。那时的国人，除直接"获利盘"的诸位聪明人，没有不反对的。毁我良田，坏我庐墓，伐我大木，吸我膏血，哪个能不奋起！沿线农民反筑路，到义和团旗帜遍地时为最烈。数千清军团民攻击俄之驻哈尔滨护路队，八百人血洒热土，黑龙江将军寿山，因兵败而自杀殉职。八国联军借口消灭义和团，打进北京。列强的军人争先恐后抢掠紫禁城。俄一将军从西太后寝宫抢得一些箱笼，运回国才发现，《中俄御敌互相援助条约》在太后箱内。由于沙俄"援助"，事后这文本又回到老佛爷手上。

十七年后，十月革命发生。国际上，就中东路权归"国际管理"还是归还中国，争得沸反盈天。美、英、法、意、日，策划组成监管中东铁路和西伯利亚委员会。著名铁路工程师詹天佑奉中国政府

271

之命，到哈尔滨讨还路权，激愤劳累以致病倒，不久返乡而逝。年轻的瞿秋白，1920年在哈等待赴苏时，在一篇文章里写道："日本人若得中东，哈尔滨就快变为日本的殖民地了。"全国收权呼声更一浪高过一浪。

俄人筑路，利莫大焉。西欧至上海走海路需四十五天，火车只要十八天。俄远东地区军队与城市人口不断增加，粮食多靠从我东北进口。一路通两港，买中国原粮卖给日本欧洲。无法同欧美竞争的工业品，如棉布，可径销南北满。一把斧头，在外贝加尔卖五卢布，运过来就卖十二卢布，军事意义更加重要。维特说"欧洲列强及日本大概都意识到不久的将来就要瓜分中国，他们认为在瓜分时由于西伯利亚铁路，我们的机会便大大增加"。算盘如此，路修起来对沿线也不无好处。哈尔滨这地名，九百年前上过《金史》。后来成为太祖的完颜阿骨打，一次出征冒大雪回来，在这一带受到他叔父的隆重迎接。建铁路前，方圆几十里内，有许多屯落。有清军一个哨所，两个烧锅，两渡口、一船口，两处网场。当时有人站在我现在打此稿的南岗，可看见现道里区的正阳河和现道外的四家子、傅家店。视野内是田野、荒草地、散长着的古树（树下有满人的坟墓）、榆树林、低洼处闪亮的沼泽。可是几年后就一片华屋遮望眼，视线被房屋，甚至楼房遮住。哈尔滨的主要街道，在道里、道外、南岗，这"道"就是铁道。第一家"中外合资"的银行华俄道胜银行哈分行（实际是俄国控制），便开设在香坊的一间泥棚里。外国银行接踵而来，到三十年代达三十三家。铁路、工厂，外

272

商开办的制粉、制酒、啤酒、制油、罐肠、面包等厂，接连开张。现在还出名的秋林、马迭尔、老巴夺、哈啤就是那时开业的。民族工商业，如双合盛火磨、天兴福粉厂、同记商场，也活力空前。据《远东报》报道，1918年，我居民十八万，较前三年激增六万。俄人五万余。各国纷纷设领事馆。各式特色建筑拔地而起。又何止一城？长春叫宽城子，大连叫青泥洼，它们发展起来，中东路也是功不可没。

鲁迅先生说，走的人多了也便成了路。走是需要。需求量不停增加，到了一个临界点，冲破原有平衡，铁路也就有了。同时它也创造新的需求，寻求新的平衡。铁路有点儿像榕树，它自己会滋生发展。有一段，会长成一条、两条、一张网。它还像个人工湖，只要你挖出来，四面八方的水，就都往里流，比方通信、汽运、工商业、资金等，都可流进来。造出以后，它又像一条曾经孕育人类文明的那样的河。它可能参与书写历史。它开始了地球变小、人变高大有力的进程。

我居于当年中东路指挥中心附近。十几年来，举步举目都会与百年前的神秘信息相遇。对它恨也恨得深，别人用它殖民吸血；爱也爱得"酷"，因它是几十万前人血汗筑成的。我十七岁第一次见火车是在中东路，见列车奔驰，感受到人的力量也在中东路。百年岁月，迅疾发展，今天东北还是离不开中东路。假如当年没建它或走南线，就说哈尔滨吧，会什么样？伊藤博文倒下的地方也许不会是哈尔滨站，大列巴、酒糖、啤酒、冬泳肯定不会成为本地特色了。

现在"接轨"这词使用频率高，若接，你得先有轨才行。南北发展不平衡，原因虽多，交通差距却是顶尖儿的事。我国幅员辽阔，电气火车污染少，在可想见的时间内，很难为其他交通工具取代。所以，有自己的"轨"，岂容小视啊。

2000 年 3 月

我知道你为了谁

　　这些年的歌曲，多得如同杨花柳絮，曼舞游移，飘落了，也就淡漠了，再也无从想起。唯有两句歌词，像沙中的金子似的，在眼前闪着光：

　　　　我不知道你是谁，我知道你为了谁……

　　为别人做事情，付出热血青春的，格外令我感动。

　　我出生在二十世纪三十年代中期，睁眼看世界，世界就一片凄惨，日本关东军的军靴，正异常残酷地践踏东三省，我生而为亡省奴。那以前，在关内的东北流亡学生悲咽着唱：

　　　　我的家在东北松花江上，那里有森林煤矿，还有那满
　　山遍野的大豆高粱……衰老的爹娘。

唱着唱着，他们回来抗日了。清华学子、与胡乔木同志一起从事地下工作的张甲洲，以共产党员的身份，回到家乡巴彦，组织抗日游击队。后来听母亲说，他到过我们屯子发动群众，站在大车上讲演，声泪俱下，控诉日本侵略罪行，号召有枪出枪，有人出人，团结抗日。他是县城东张家油坊的人。为了抗日，他的父亲、妻子、妹妹、女儿，不得不逃亡他乡，隐姓埋名，颠沛流离。他本人后来在富锦战斗中牺牲。在我幼小心灵中，他是英雄，就因他舍家为国，宁死不屈。他是我听说的第一个共产党人。

1949 年春，我考入县城中学。迎接新生的，是校长。那时校长级别甚至高于县长。他面色白皙，留着背发，着新四军灰制服，身材颀长，英姿勃发，器宇轩昂，圣地延安来的，不到三十岁的老干部。那时东北解放不久，人们对老八路格外敬重。听说又是诗人，他就立刻成了学生们的心中偶像。老干部都是工农出身，部队里锻炼得性格豪放粗犷，说话"大口条"（关内口音）。而他却是文质彬彬，一口普通话。后来听说他是出身优裕的知识分子党员。出身高，能用一腔热血为穷苦人奋斗，这在当时难能可贵。他为学生们讲阶级，讲剥削，讲解放，讲人生观。教学生们唱：

你是灯塔，照耀着黎明前的黑暗，你是舵手，掌握着航行的方向。年轻的中国共产党，你就是核心，你就是力量，我们永远跟着你走，人类一定解放。

从他那里，学生们爱上了"同志"这个词。"同志"这个词一

276

出口，心就发热，身上就有力量，性格就觉坚强。"同志"蕴含着共同理想，共同的阳光事业，共同的命运。从校长身上，同学们知道了信念的可贵。信念是"的"，现实是"弓"，而生命历程是"箭"。没有"的"，"弓"和"箭"就失去价值。于是从校长身边出发，一些同学参军参政，走向抗美援朝战场。一些同学怀着知识报国之志，升入上级学校。

我从家乡的平原，到了小兴安岭密林深处，找饭，也找诗。同时，也多了一份崇敬之情，崇敬"阿爸基"。阿爸基为朝鲜族语，父辈的意思。他是陕西人，说话像朝鲜族，棉裤挺大，也像，就得了这么个外号。他是延安来的老干部，有一件旧军大衣。后来就没了，只剩件小棉袄了。有人说大衣铺在受伤的林业工人担架上了，有人说有工人家属从山东来，马爬犁在风雪中飞，孩子冻得脸发青，阿爸基把大衣给孩子盖上了。那时候运木材用爬犁，需要浇冰道。他就与工人一起浇。滴水成冰，棉衣成了冰盔冰甲。新驭手跷拇指夸他，说阿爸基，你冰道浇得好！

一天，他走了几十里山路，来到森林中一座工棚子。林子里天黑得早，人也睡得早。他进屋一看，吊在梁上的煤油保险灯太亮，立刻把灯光捻小。他想挤个地方睡下，却没一点儿空闲。他就倚在炉旁的木柴上，睡得挺香。

人们埋怨说："贪这么大黑，来干啥呀，老头儿！"

他从怀里掏出一包辣椒面，说："老伴儿给我捎来的，给你们送来尝尝。"

他也发火，谁浪费木材，他就批评，说："你怎么不知道心疼！"

三年困难时期，他老伴儿采山菜，养了一口猪，要给他改善一下生活，他却背着老伴儿将猪送给职工食堂了。他说职工好久就勒裤带了，他们年轻是长身体的时候，还得干重活。

阿爸基叫张子良，当时担任东北森工总局局长。在延安时，在党中央工作。

这故事说得太老了一些？也许是的。但老的也有许多好的。基因挺老，没它不行。月亮、地球、太阳更老，不是没它更不行吗？新的好，不然怎么进步？但也不是全好，艾滋病不好，非典更不好。

新时期新老党员，有许多感人至深的。四十岁的女同志任长霞，使全中国为之动容，使许多父老泣不成声。她为弱势群体争法律权益，拼死摧毁黑恶势力。她伸出女儿般的手，去摸抚农妇受伤有坑的头，那情感是圣洁的，触动人类善良的心田。共产党人敢爱敢恨，有哭有笑，可立功，可犯错，能坚持，能改正，会欢喜，会悲愤。但永远、永远，与冷漠无缘。

为什么人的问题，是一道峻峭高耸的分水岭？它一向把纷繁复杂的个人、团体乃至社会的价值取向，区分得清清楚楚，所谓泾渭分明。

以千百万这样的党员做脊梁，中国共产党人，能不与人民休戚相关、命运与共、骨肉相连？

那句歌词，真好。

图书在版编目(CIP)数据

灵犀 / 屈兴岐著. — 北京：中国文史出版社，

2021.3

（中国专业作家作品典藏文库·屈兴岐卷）

ISBN 978 - 7 - 5205 - 2528 - 2

Ⅰ．①灵… Ⅱ．①屈… Ⅲ．①散文集 - 中国 - 当代

Ⅳ．①I267

中国版本图书馆 CIP 数据核字（2020）第 221244 号

责任编辑：牟国煜　薛未未

出版发行：**中国文史出版社**

社　　址：北京市海淀区西八里庄 69 号院　邮编：100142

电　　话：010 - 81136606　81136602　81136603　81136605（发行部）

传　　真：010 - 81136655

印　　装：北京新华印刷有限公司

经　　销：全国新华书店

开　　本：720 × 1020　1/16

印　　张：18　　　　字数：196 千字

版　　次：2021 年 3 月第 1 版

印　　次：2021 年 3 月第 1 次印刷

定　　价：59.80 元